Né à Morlanne (Pyrénées-Atlantiques) en 1927, Pierre Bourgeade est à la fois romancier et homme de théâtre.

Parmi ses œuvres romanesques, on peut citer : *Les Immortelles*
(1966), *New-York Party* (1969), *L'Armoire* (1976), *Le Camp* (1979),
Mémoires de Judas (1985).

Parmi ses pièces : *Orden, Deutsches Requiem, Palazzo Mentale, Le
Passeport.*

Pierre Bourgeade a également adapté Sophocle (*Antigone*) et
Aristophane (*Les Oiseaux*) pour Jean-Louis Barrault.

Pierre Bourgeade

Les Serpents

Gallimard

pour Marie,
plus tard.

PREMIÈRE PARTIE

les gendarmes

Le jeudi, il n'y avait pas classe. Albin faisait la grasse matinée. Le logement affecté à l'instituteur jouxtait l'école. De sa chambre, Albin entendait sa mère aller et venir dans la cuisine, préparant le petit déjeuner. Il avait lu jusqu'à quatre heures du matin, et n'avait aucune envie de se lever. Du village ne lui parvenaient que peu de bruits. Appel d'un paysan. Aboiement d'un chien. Tintement de l'enclume du forgeron. Le soleil traversait les persiennes, dessinant sur le papier à fleurs, dont la chambre d'Albin était tapissée, cinq raies blanches qui se déplaçaient lentement. Dans le lointain, Albin perçut un bourdonnement de guêpes, qui alla grandissant. Des motos. Elles escaladaient le raidillon, faisaient le tour de la grand-place, stoppaient devant la maison. Il y eut un bruit de voix, puis sa mère appela, de l'escalier : « Les gendarmes. » Il s'habilla rapidement et descendit.

Les gendarmes étaient deux, un jeune, un vieux. Leur vareuse était blanche de poussière. Ils avaient enlevé leur casque, qu'ils tenaient sur la hanche.

Leur visage était basané. Le casque avait dessiné une profonde raie rougeâtre sur leur front. Au-dessus de cette raie, celui-ci était très blanc. Le plus âgé tenait un pli cacheté à la main. « Albin Leblanc ? Vous êtes rappelé. » Albin prit la lettre, signa le carnet à souches. Les gendarmes saluèrent et sortirent. La mère s'était laissé tomber sur une chaise. « Ce n'est pas possible ! » Albin décacheta l'enveloppe, en tira un formulaire qu'il déplia. « Je suis rappelé en Algérie. Je pars samedi. » « Mon Dieu…, dit-elle. Je croyais qu'ils ne rappelaient pas les sursitaires. La guerre, quelle horreur… Qui va te remplacer ?… » « Je ne sais pas… Je crois que je devrais aller prévenir l'inspecteur d'académie… » Il se rasa. Ils déjeunèrent en silence. Elle pleurait. Après le café, il enfourcha sa mobylette et gagna la ville voisine, distante d'une dizaine de kilomètres, où siégeait l'inspection d'académie. Il fut reçu par l'inspecteur lui-même. C'était un gros homme, décoré. Il serra longuement la main d'Albin. « Votre devoir… » Albin hocha la tête, conscient de la gravité du moment. « Votre remplaçant sera là dès demain… Un homme d'expérience… Il suffira de le mettre au courant… » Une dernière poignée de main.

Albin se sentit les jambes molles. Il alla dans une librairie, acheta une carte routière de l'Algérie, entra dans un café, commanda un alcool. La carte dépliée, il essaya de se faire une idée du pays. De la France à l'Algérie, il y avait une grande étendue de mer bleue. L'Algérie était blanche. Un réseau assez dense de routes, voies ferrées s'étendait le long de la côte. De rares routes, ou pistes, s'allongeaient vers l'intérieur, parfois en longs traits rectilignes qui, devenant des pointillés de plus en plus espacés, semblaient se perdre dans les sables. Les villes étaient assez nombreuses. Au centre, Alger. À l'ouest, Oran. À l'est, Constantine. À l'est d'Alger, il y avait une zone hachurée, teintée de brun : la Kabylie. Albin avait emporté sa feuille de route. Il la tira de sa poche, la posa sur la carte routière. « M. Leblanc, Albin, rejoindra le centre mobilisateur de Marseille (quartier Bugeaud), d'où il s'embarquera à destination de l'Algérie, étant affecté en qualité de sursitaire (grade : aspirant) au 18e Régiment d'infanterie, stationné à Tizi-Ouzou, département de Kabylie. » Il repéra Tizi-Ouzou, au centre d'un massif montagneux. Les routes semblaient sinueuses. On disait que certains Kabyles avaient les yeux bleus. Depuis quelques mois, la guerre avait pris mauvaise tournure. On égorgeait, on torturait. Il pensa avec ironie qu'il était vierge. Un soldat puceau ? Ayant bu un second alcool, il se dirigea vers la maison des remparts. Il fut introduit dans un salon. Une femme d'un certain âge s'y tenait. Elle était grande, forte, vêtue de noir, elle avait des dents de cheval. « Une grosse ? Une maigre ? » « Une maigre. » La matrone appela : « Lucienne. » Une porte s'ouvrit, une jeune fille entra. Elle était brune, elle portait une nuisette rouge, très courte, sous laquelle elle était nue. Elle était maigre comme un clou. « Chambre 7 », dit la matrone. La jeune fille prit Albin par la main. « Venez. »

Il la suivit dans un escalier étroit. Elle montait souplement. À chaque pas, il voyait entièrement son cul, sa fente. Il eut une violente érection. Elle s'assit sur le lit, lui fit enlever son pantalon. Elle rit. « Mon Dieu, mais comme tu es excité ! » Il posa la main, cachant son sexe. Elle rit de nouveau. Elle avait une grande bouche, les joues creuses, les incisives du haut ne se touchant pas. « Il faut que je mette de la pommade. » Elle attrapa un tube de vaseline, s'allongea sur le lit, les jambes écartées, enduisit les bords de la fente de vaseline. Il s'allongea sur elle. Il fermait les yeux. Elle le guida. Il la pénétra. C'était quelque chose de brûlant et de noir, quelque chose qu'il n'avait jamais imaginé. Il pensa à l'Algérie, à des scènes de torture. « Tu te remues, ou non ? » Il perçut le rire de la fille, loin, très loin. Les yeux fermés à mort, il chercha à quoi s'accrocher. Ses doigts atteignirent quelque chose de mince, de circulaire. Il serra de toutes ses forces. Elle gigota, se débattit. Il serrait toujours. Des vagues rouges ne cessaient de déferler. Quelque chose se passa, on lui arrachait la vie, il poussa un grand cri, il se laissa aller sur elle, les doigts dénoués. Elle ne bougeait plus.

encouragements

« Ce ne sera pas grand-chose, dit la matrone, mais tout de même. Nous avons frôlé le drame. Vous auriez serré le cou un poil de plus... Montrez vos mains. » Albin tend ses mains, les paumes en l'air. « Grandes et puissantes, dit la matrone. Vous avez reçu votre feuille de route pour l'Algérie ? Vous auriez pu retenir votre force, mon garçon. Vous en aurez besoin, là-bas. Il paraît que tout va de mal en pis. Vous avez lu les journaux, je suppose ? » « Le massacre de la grotte ? » « Oui. » « C'est la guerre », dit Albin. « La guerre civile, dit la matrone. La pire de toutes. » Ils sont assis dans le petit salon de vieux velours parme, aux peluches douces comme des poils pubiens, la matrone pose sa main griffue sur ce qui semble être une bibliothèque, fait glisser le dos, doré à l'or fin, d'une rangée de faux livres, découvrant un petit bar où elle prend une bouteille de demi-cristal qui a la forme d'une jambe de femme. « Un peu d'eau de noix ? Je la fais moi-même. » La fille maigre réapparaît, elle a passé un peignoir molletonné sur lequel sont brodés des perroquets, elle s'assoit, refermant les pans du peignoir sur ses genoux pointus, elle se masse le cou. « Vous avez mal ? » questionne Albin qui se demande comment une fille aussi maigre peut avoir un cou aussi musculeux. « Non, ça passe », dit la fille avec un sourire humble. « Toi aussi, ma vieille, une petite goutte d'eau de noix », dit la matrone. Puis, tournée vers Albin : « Après une telle alerte, je dois vous demander cent francs de plus. » Albin s'exécute, il voudrait s'en aller, mais la matrone lui pose la main sur la cuisse, presque au pli de l'aine, elle a toujours eu un faible pour les soldats. Elle commence à raconter ses souvenirs de guerre, il semble qu'elle ait parcouru l'Europe dans tous les sens, aux basques d'armées victorieuses, ou vaincues, et comme elle s'abstient, discrètement, de donner les détails attendus sur la couleur des uniformes, la couleur du drapeau, la forme et la couleur des épaulettes, galons, parements de manche, képis, rubans, chevrons, insignes qui permettent de distinguer une armée de l'autre, Albin en déduit, sans audace excessive, qu'elle a dû offrir ses services aux deux camps. Selon elle, le soldat en campagne est un grand enfant, qui tient la guerre pour une partie de chasse, et qui doit tirer son coup de queue quand il a tiré son coup de fusil. Elle parle de gueules cassées, de soirées dansantes, de seaux à champagne, de filles tondues, de chevaux crevés, de retraites interminables, de bordels roulants, de tombes fraîches, de croix de bois ornées d'un casque, d'une cartouchière, d'une boîte de conserve renversée, ce récit l'enflamme, Albin reprend pour la troisième fois de l'eau de noix, la matrone tient absolument à lui montrer un tatouage qui lui a été fait, au

gras de la cuisse, par une autorité militaire non iden-
tifiée, elle découvre un énorme genou qu'elle tient à
comparer aux genoux pointus de la fille maigre dont
elle écarte le peignoir, Albin sent ses forces revenir, il
craint le pire, il se lève, il salue, il s'esquive, il revient
au village, il est rempli d'ardeur, de sève, de courage,
il est prêt à combattre, prêt à tout.

le vin chaud

« La guerre civile » ! Ces mots troublèrent Albin. Ils évoquaient la Saint-Barthélemy, la Révolution, la Commune. Ils avaient un parfum d'acharnement, de trahison, de sang, plus puissant que celui des guerres ordinaires. Tuer ses frères ! Il y avait sous l'évier, à la cuisine, une cavité où l'on entassait les vieux journaux dont la mère se servait pour allumer la cuisinière. Albin fouilla dans ces archives. La guerre civile actuelle, dont on ne prononçait jamais le nom, que l'on remplaçait par des termes pudiques, tels que « les événements », « la situation en Algérie », « les opérations du maintien de l'ordre », comme si ces mots, « la guerre civile », eussent recelé en eux un maléfice, avait éclaté, quatre ou cinq ans auparavant, sur une petite route des Aurès où, coïncidence, un jeune instituteur et son épouse, qui rentraient chez eux, un soir de Toussaint, avaient été assassinés. Le drame (l'incident ? le meurtre ? le crime ? la faute ? l'acte libérateur ? les appréciations des journalistes divergeaient) avait divisé l'opinion, puis avait paru la rassembler, puis l'avait laissée indécise. Le fait qu'un jeune instituteur ait été la première victime de la guerre produisit sur Albin une impression curieuse, faite pour moitié d'inquiétude (les instituteurs, dans de pareils conflits, n'étaient-ils pas directement menacés ?), pour moitié d'un certain soulagement (les instituteurs ayant payé au monstre leur tribut, il y avait peu de chance qu'ils eussent à le payer une seconde fois). Ainsi les voyageurs habiles se hâtent-ils de prendre l'avion sur les lignes où vient de se produire une catastrophe aérienne : selon la loi des probabilités, ces lignes sont devenues, pour un temps, les plus sûres. Ce sentiment de certitude prévalut chez Albin. La mort ? À d'autres. Le soldat rappelé qui, sa feuille de route à la main, prend connaissance des nouvelles, estime qu'elles le concernent, puisqu'elles parlent de la guerre, et qu'elles ne le concernent pas, puisqu'elles parlent de la mort. La mort, il le sait bien, n'est pas plus présente dans la guerre qu'elle ne l'est dans un voyage, dans la rue, dans la maison, dans cette pièce même où Albin, pris d'un soupçon subit, regarde si la mort ne se cache pas sous la table, sous une chaise, derrière un rideau. Mais non, elle n'y est pas.

Albin replia les journaux. Il fallait éviter que la mère ne les lût. Les mères ne jugent pas de la guerre d'une manière rationnelle. Elles se laissent envahir par l'intuition, la superstition, les racontars. Elles croient que la mort est tapie dans la guerre, la faux à la main, qu'elle guette leur fils. Elles croient que la mort n'a pris sa faux que pour leur fils. Albin enfourna les journaux dans la cuisinière, y mit le feu. De crainte que sa mère, survenant, ne lui dise :

« Pourquoi as-tu allumé la cuisinière ? », il posa sur la plaque chauffante, qui se trouvait juste au-dessus du foyer, une casserole, qu'il remplit de vin, faute d'avoir trouvé du lait dans le réfrigérateur. Le vin commença à frissonner, la mère entra, elle arrivait du jardin, elle portait un tablier de toile bise, orné d'une grande poche ventrale, sur laquelle elle s'essuya machinalement les mains tout en parlant : elle venait de donner à manger de l'herbe aux lapins. « Qu'est-ce que tu prépares ? » « Du vin chaud. » « Du vin chaud ? Ton père en raffolait. Je croyais que tu ne l'aimais pas. » « Je vais être soldat. Il faut bien que je l'aime, maintenant. » La mère eut un sourire de triomphe. Le père avait toujours été sévère avec Albin – sévérité à la mesure de son amour – et, fréquemment, il avait eu l'occasion de lui dire : « Tu n'aimes pas le vin chaud ? Tu verras quand tu seras soldat ! » Enveloppant sa main droite d'un torchon, elle saisit la queue de la casserole et la déplaça légèrement, à petits coups vifs, sur la cuisinière, de telle manière que le vin chauffât uniformément. Assez vite, en effet, de petites bulles se formèrent sur toute la surface du liquide, où, grossissant à vue d'œil, et précipitées du fond de la casserole vers le haut comme elles l'eussent été du fond d'un volcan, elles vinrent crever à la surface. En même temps, l'odeur du vin chaud se répandit. La mère, sans lâcher la queue de l'ustensile, attrapa de la main gauche, sur l'étagère, une vieille boîte de biscuits, l'ouvrit et y prit quelques morceaux de sucre qu'elle jeta dans la casserole. Quand elle jugea le breuvage à point, elle posa devant Albin, qui s'était assis à la table recouverte d'une toile cirée à petits carreaux rouges et blancs, et qui attendait, sentant des picote-ments parcourir sa cervelle, sous son crâne, et se demandant s'il n'allait pas brusquement rapetisser, perdre les trois quarts de sa taille, se retrouver réduit à son corps d'enfant, un immense bol de faïence, un peu ébréché, qu'Albin ne se souvenait pas avoir vu depuis très longtemps, où elle versa le vin chaud. « C'est le bol de ton père. Prends-en soin. » Albin se mit à boire, à petites gorgées, se brûlant les lèvres, écœuré par l'odeur violacée du vin chaud, tandis qu'elle s'était adossée à la cuisinière, les deux mains posées à plat sur le ventre, les fesses au feu, et qu'elle le couvait des yeux. Il but, peu à peu, enfonçant, à chaque gorgée, le visage dans le bol. Il avait envie de pleurer, de vomir, et de demander pardon, sans savoir pourquoi.

le remplaçant

Le remplaçant arriva le lendemain matin. C'était un retraité d'une cinquantaine d'années, qu'on avait rappelé, faute de jeunes. Le bruit courait qu'il avait eu « des histoires », autrefois, mais on manquait de maîtres, avec la guerre, il fallait faire flèche de tout bois. L'homme était épais, chauve, il avait de lourdes paupières tombantes. Il se nommait Monsieur Mazurier – un pseudonyme ? Sous les lourdes paupières, ses yeux verts et fuyants avaient la vivacité du serpent. Il se présenta cérémonieusement à Albin et assista aux classes de la journée sans mot dire. Pendant la récréation, Albin lui présenta les élèves. Il posa sa main droite sur les petites têtes, blondes, brunes. Ses mains étaient longues, étroites, ses ongles, trop longs, jaunis de tabac. L'ongle de son petit doigt, courbe, crochu, semblait être un ergot de coq. Il tira légèrement l'oreille du jeune Daniel B..., qui était joli comme une fille. « Quel âge as-tu ? » « Neuf ans, monsieur. » Il fit signe au garçonnet de s'éloigner et, se tournant vers Albin : « Le bel âge. » Le garçonnet rejoignit ses camarades qui disputaient une partie de barres. Il portait des culottes courtes et avait de longues jambes. M. Mazurier croisa les mains sur son ventre. Il respirait bruyamment. Des traces de cendres tachaient le revers de son veston. Il portait un haut col cassé, à l'ancienne mode. Sur sa cravate noire au nœud « toujours prêt », que retenait, derrière le col, un élastique de même couleur, était épinglée une perle fausse. Il répéta, comme pour lui-même : « Le bel âge... » Puis, d'une voix plus basse : « Quand retrouverons-nous l'innocence ?... Quand ?... Quand ?... » Prenant Albin par le bras, il l'entraîna sous les marronniers. Les cris des enfants perçaient les tympans. M. Mazurier éleva la voix. Il parlait dans le nez d'Albin, il criait presque. « Lequel d'entre nous pourrait revenir dans le ventre de sa mère ?... Hein ?... Hein ?... » Albin ne savait que répondre. Il aurait voulu se dégager, il n'osait pas. M. Mazurier le serrait fort. Il sentait le tabac froid, les vêtements mal lavés, la pisse. « Vous allez en voir de belles, mon vieux, en Algérie... Vous ne saurez plus où vous fourrer... Vous vous direz plus d'une fois : que ne puis-je rentrer dans le ventre de ma mère... Ah, ça oui... Je vous en fous mon billet !... » Sa griffe s'ouvrit. Il lâcha Albin. Albin se passa la main dans les cheveux. M. Mazurier parut retrouver son calme. Il reprit le bras d'Albin, mais légèrement. Il parla d'un ton doux, amical, fraternel peut-être. « Et quand vous serez devant les faits, comment espérez-vous vous en sortir ?... L'héroïsme ?... La traîtrise ?... Tout ça se confond... Vous aurez l'embarras du choix. » Il se mit à rire. Il avait un rire profond, rauque, qui paraissait lui faire monter les mollards d'en bas. Il se racla la gorge et cracha. L'horloge de l'église sonna quatre heures. Albin frappa dans ses mains. Les cris cessèrent. Les enfants se mirent en rangs. Albin leur fit signe d'entrer en classe. Ils se tinrent debout à côté de leur banc puis, à un nouveau claquement de mains, ils s'assirent. Albin commença à dicter. M. Mazurier alla s'asseoir sur une chaise, tout au fond, il avait l'air endormi.

gastronomie

Un homme négligé, mais quel gastronome ! « Je l'ai senti tout de suite, devait me confier ma mère, plus tard. Il y a des signes qui ne trompent pas. » Quels signes ? Les femmes ont des antennes, une sensibilité à elles. Je m'attendais à ce que l'on se mît à table rapidement, nous dînions d'ordinaire de manière frugale. Ma mère nous pria d'attendre. M. Mazurier prit place dans le grand fauteuil de rotin qui avait été celui de mon père, et où l'on se gardait de s'asseoir. Il croisa les pieds l'un sur l'autre. J'eus l'impression qu'il n'avait jamais cessé d'être là, qu'il faisait partie des meubles. De la cuisine me parvenaient les bruits d'une activité inaccoutumée. Une heure passa. Je ne savais que dire. M. Mazurier, qui semblait s'être assoupi, levait parfois sur moi ses yeux épais. Ce regard me gênait, j'avais le sentiment qu'il cherchait à me communiquer un message, mais nonchalamment, sur un mode paresseux, insouciant que ce message fût reçu ou non. Une heure passa. Ma mère apparut, rouge comme un coq, nous ouvrit les portes de la salle à manger. « Si vous voulez bien vous donner la peine... » Elle avait mis une robe

39

mauve que je ne lui avais jamais vue depuis notre deuil, une robe sans décolleté (le ras du cou seulement orné d'une fine dentelle de Calais), mais les bras nus jusqu'à l'épaule. Les bras : sa coquetterie – la seule. Elle avait les bras longs et charnus, je ne me rappelais pas lui avoir vu les bras nus ainsi, j'éprouvai une sensation de malaise. Elle eût commis sur-le-champ un acte obscène, elle ne m'eût pas plus surpris. Elle me donna une chiquenaude sur la main : « Eh bien, tu rêves ? » Depuis ma plus tendre enfance, je m'entendais dire que je rêvais. Je m'effaçai. M. Mazurier entra dans la salle à manger. Ma mère avait sorti le service de Limoges. Elle alluma des bougies. M. Mazurier s'assit en face d'elle. Quel festin. Matelote d'anguille, poule au pot, lapin sauté. Elle minaudait : « J'ai tout fait moi-même. » M. Mazurier dégustait lentement, en connaisseur. « Vous êtes une cuisinière parfaite, madame. Un maître queux. » Ma mère rougit encore plus, ce que je n'aurais pas cru possible. Elle servit le vin avec les plus grandes précautions, tenant la bouteille horizontale. M. Mazurier mira, huma, aspira, fit rouler le vin dans sa bouche, gonflant alternativement l'une et l'autre joue, avala, fit claquer sa langue. « Fruité. » Ma mère parut s'attendrir. « Partir pour la guerre, si jeune... » M. Mazurier reprit du bordeaux. « L'essentiel, c'est d'en revenir. J'ai fait Dunkerque, en 40. Se confondre au sable, à la terre : la règle d'or. » « Quand je pense... » dit ma mère. Elle saisit discrètement, sous son aisselle gauche, un petit mouchoir, qui s'y trouvait caché, et se tamponna les yeux. Je desservis. Je savais que c'était lui faire un dernier plaisir, malgré l'évidente entorse au protocole. Ainsi je restais « son petit garçon », « sa petite fille », même. Elle aurait tant voulu avoir une fille ! Elle m'habilla de jupes, jusqu'à mes sept ans, me coiffa avec un nœud dans les cheveux. Elle m'appelait sa poupée. « Vous connaissez l'Algérie ? » demanda-t-elle à M. Mazurier d'une voix craintive. « Seulement la Tunisie et le Maroc, répondit Mazurier. Et les colonies. » « Comment est la vie ? » demanda ma mère, d'une voix qui à peine me parvint car, en même temps qu'elle avait posé cette question, elle s'était rendu compte qu'il s'agissait là de problèmes malaisés, pour elle, à aborder. « Il y fait très chaud... Il y a de fort beaux paysages, répondit Mazurier sans se mouiller. On y fait des choses (ses lourdes paupières s'appesantirent sur ses yeux, qui s'appesantissaient sur ma mère) qu'on peut difficilement évoquer devant une femme. » Ma mère poussa un profond soupir et se tamponna de nouveau les yeux. Tendant sa main gauche vers moi, elle me saisit brusquement le poignet et serra de toutes ses forces. « Au moins, il fait beau, dit-elle. Tu m'écriras ? » Je fis oui de la tête, n'osant pas parler. Si j'avais parlé, j'aurais fondu en larmes.

la mère

Il tardait à ma mère que je quitte la pièce. Je le voyais à divers signes. Pauvre femme. Depuis la mort de père, elle vivait en état de frustration. La mise à nu des bras était un aveu horrible. Je proposai d'aller mettre de l'ordre dans la cuisine. Elle sourit : « Tu es un ange. » Je me levai. Ma mère se tenait immobile, les coudes au corps, les mains à peine posées sur la nappe. M. Mazurier baissait les yeux. Ma mère avait le visage muet, aveugle, aveuglé peut-être. J'eus l'impression que sitôt que je serais sorti de la pièce, elle se mettrait en mouvement. Quels mouvements ? Le rouge monta à mes joues. « Tu parais fatigué », me dit ma mère et, se penchant vers M. Mazurier, elle ajouta : « N'est-ce pas ? » « L'approche de la guerre, dit M. Mazurier. L'horreur n'attend pas que nous la voyions. Elle est présente. » « Albin est si jeune », dit ma mère d'un air absent. Ses mains griffaient la nappe. Du temps de mon père, ma mère portait les ongles longs. Elle ne les avait jamais laqués, elle se contentait de les recouvrir d'un vernis incolore. J'aimais l'odeur de ce vernis, de l'acétone lorsqu'elle l'enlevait. Elle avait les doigts minces, presque maigres, la peau extrêmement fine, transparente, découvrant un réseau de veines violettes. Mon père mourut en donnant une leçon de grammaire. Il s'affaissa en chaire, le front sur la règle des participes. Ma mère se mit au lit, en plein après-midi, frappée d'une douleur qui l'empêcha de se tenir sur ses jambes, elle ôta le vernis incolore à l'acétone et, quand je vins près d'elle, je m'aperçus qu'elle s'était coupé les ongles au ras de la chair, au point de se faire saigner chaque doigt. Par la suite, elle ne porta jamais plus les ongles longs, comme font les femmes, elle les porta aussi court que possible. Cependant, à cet instant précis, elle avait recourbé ses doigts comme des griffes, j'entendais ses ongles griffer la nappe comme ils désiraient griffer la chair. Il fallait que je sorte. Je dis bonsoir, je fis quatre ou cinq pas, j'entrai dans la cuisine, je refermai la porte derrière moi. La cuisine offrait un spectacle étonnant. Carnage. Peau du lapin écorché retournée comme un doigt de gant ; morceaux d'anguilles coupées vivantes qui frétillaient encore dans la casserole ; tête de la poule restée collée au hachoir sur le billot, dans une petite mare noire de sang caillé, mêlé de plumes maculées. A travers la porte, le rire de ma mère me parvint.

les adieux

Impression étrange que de me trouver debout devant le tableau, M. Mazurier, du haut de la chaire, m'adressant quelques mots d'adieux, ou plutôt, ainsi qu'il le précisa, s'étant excusé, d'au revoir. Sa langue avait fourché, sans qu'il l'eût voulu. Ma mère avait nettoyé les taches de son veston, avait glissé dans sa pochette un mouchoir brodé dont la pointe seule dépassait. M. Mazurier parla d'abondance, les mains croisées sur le ventre, les paupières lourdes, le verbe paisible et convaincant : « Votre maître vous quitte pour aller accomplir son devoir en Algérie. Vous l'appréciiez (il fit distinctement sentir les deux i) pour sa magnanimité, sa compétence, son besoin de servir. Nul doute que ces qualités ne lui soient utiles dans la contrée lointaine où il va, pour sa part, représenter la France. » Sur ces derniers mots, sa voix trembla. Les élèves s'étaient cotisés pour m'offrir un cadeau de départ. Le plus jeune d'entre eux, je le vois encore – le petit Bruno, blond comme les blés, bouclé comme un ange –, approcha, rougissant, me remit un petit paquet, enveloppé d'un papier glacé, que maintenait une faveur qui formait, sur le dessus, un gros nœud. Il contenait une pendulette de voyage, de marque Jazz, au cadran frappé d'un coq. « Que cette pendulette sonne bientôt pour vous, cher et éminent collègue, l'heure du retour ! » M. Mazurier me donna l'accolade. L'odeur du tabac de Virginie, spécial pipe, qui imprégnait naguère, ou jadis, tous les vêtements de mon père, s'était tapie là, pareille à un tigre tapi sous la jungle, dans les plis de la blouse de mon père, elle me sauta au visage. J'eus un mouvement de recul. M. Mazurier se méprit. « Je comprends votre émotion. On se détourne, pour écraser une larme discrète. J'ai vécu cela, moi aussi, quand j'ai dû quitter ma classe, en 39. Ah, la guerre ! » Il s'écarta de moi par un mouvement symétrique, l'odeur s'éloigna, à la fois parfumée et fade, tenace et finie, s'anéantissant à l'instant précis où elle atteignait la muqueuse nasale, pareille à ces tigres de granit postés à l'entrée du temple d'Urphal, près de Luang-Prabang, qui semblent défier l'éternité, et tombent en poussière dès qu'on les touche.

le voyage

Le train emportait Albin. Il y eut des montagnes, puis des collines, puis des plaines, des coteaux. Il y eut du maïs, puis du blé, puis des vignes à perte de vue. Les vignes étaient vertes, les montagnes étaient bleues. Le train berçait Albin avec une régularité maternelle, il eut plusieurs érections. Peu avant une grande ville, il y eut une succession de tunnels, des bandits attaquèrent trois femmes qui s'étaient mollement assoupies, que de sang ! Elles crevèrent là, sur la banquette, fleurs obscènes. Les cuisses furent grasses et blanches, le sang noir. Le trait du rasoir, précis comme un cri. On les emporta. Le train reprit sa course monotone, son énorme bercement. Les wagons étaient verts, on aurait dit des dessins d'enfants. Les paysages succédèrent aux paysages. On vit des villages. On vit un troupeau de moutons. Le berger était appuyé sur son bâton, immobile. Des vaches tendirent le mufle, des filets de morve pendant aux naseaux. Les fils téléphoniques montaient et descendaient inexplicablement. Les voyageurs somnolaient, écrasés de chaleur, indifférents aux événements du monde. Des journaux froissés, ou

roulés en boule, attestaient que les catastrophes naturelles, les guerres, n'avaient aucune influence sur les voyageurs, ni les voyageurs sur elles. Le temps semblait suspendu. Peu à peu, on s'éloignait de l'ouest. Les gares devinrent plus petites, les maisons ne furent que des rez-de-chaussée, la terre fut ocre. Les hommes furent de petite taille. Ils furent noirs. Ils eurent la peau tannée, les yeux noirs brillants, la chair autour des yeux bistre. Après une nuit de route, le train entra majestueusement dans une gare écrasée de soleil. Au sortir de la gare, il y avait d'immenses escaliers. Les trottoirs étaient défoncés, maculés de crachats et d'huile. La population semblait interlope. Marseille. Albin marcha dans des rues sales, étonné de tant de blancheur. Le soleil tapait comme une matraque. Il y avait un port carré, des bateaux blancs. La mer était d'un blanc insoutenable. Dans les petites rues qui entourent le port, une foule paresseuse défilait. Des femmes attendaient sur le seuil des hôtels borgnes. Dans un couloir étroit, six ou sept se tenaient, engluées. On eût dit des mouches prises au piège du papier tuemouches. Elles le hélèrent, avec de grands signes : « Viens, mon joli. » Albin mettait la main dans sa poche, il tâtait sa verge. L'érection avait mystérieusement disparu. Il eut peur qu'elles ne se moquent. Puis elles le déroutaient avec leur peau mate, leur décolleté outrancier. L'hôtel semblait sale. La peinture qui décorait la façade était écaillée. L'enseigne comptait deux fautes d'orthographe. L'une des putains avait des faux cils à un œil et pas à l'autre. Sa voisine leva le bras et se gratta paisiblement l'ais-

54

selle. Ses poils étaient longs et noirs. Albin demanda son chemin à un flic. « Le quartier Bugeaud ? » Le flic avait le visage tanné, cuit et recuit par le soleil. « Par là. » Albin s'enfonça vers le levant. Il y eut une banlieue lépreuse, le cri des mareyeurs, le grondement des motos. Puis, plus rien. Le paysage était blanc. Du haut d'une falaise, il aperçut la mer, les îles. Elles semblaient suspendues dans le soleil.

les rêves

« Le quartier Bugeaud ? C'est dans la région... »
« Le quartier Bugeaud ? Par là... » « Le quartier
Bugeaud ? Oui, un peu plus loin... » Albin marcha
jusqu'à la nuit et s'endormit à l'abri d'un bosquet
d'eucalyptus. Il fit deux rêves. Il rêva d'abord qu'il
était sa mère et qu'il accouchait de lui-même au prix
de pénibles convulsions. Ce rêve l'effraya, quoiqu'il
sût, en rêvant, que ce n'était qu'un rêve, il se réveilla
trempé de sueur. Il s'était endormi sur le côté, les
jambes croisées l'une sur l'autre, la cuisse gauche
pesant sur les testicules : la douleur avait provoqué le
rêve. Il porta la main droite à son sexe, je ne suis pas
ma mère, je ne suis pas femme, je suis homme. Le
sexe fut dans sa main, petit, familier, mou, un doigt
de gant. Il tira légèrement sur le prépuce, introduisit,
manie qu'il avait depuis l'enfance, l'index à l'intérieur de l'infime réceptacle ainsi formé. Les nerfs
sommeillaient, pas l'ombre d'un plaisir, ni qui soit,
ni qui puisse être. La verge endormie semblait être
un organe banal, ayant pour fonction unique de pisser, comme la main a fonction de saisir, le pied fonction de marcher. Cette insensibilité le rassura. Il se

rendormit paisiblement, mais presque aussitôt, il se remit à rêver. Ce second rêve était moins un nouveau rêve qu'une continuation du premier. Sa mère était maintenant une femme distincte de lui, comme elle l'était dans la réalité. Elle lui posa la main sur l'épaule et lui demanda d'aller mettre de l'ordre dans la cuisine. « Je l'ai déjà fait », répondit-il. Il se revit entrer dans la cuisine, laver la vaisselle, balayer les détritus, jeter les restes des anguilles, de la poule, du lapin. Il les avait mis dans la poubelle, qu'il avait portée devant la porte, dans la rue. Il était ensuite revenu essuyer la vaisselle, la ranger. Dans le placard de droite, les assiettes creuses. Dans le placard de gauche, les assiettes plates. Au-dessus, les verres. Les verres à vin à droite, les verres à eau à gauche. Dans le tiroir de gauche, les couteaux. Dans le tiroir de droite, les cuillers et les fourchettes. Les cuillers à droite, les fourchettes à gauche. Les couverts à dessert dans le tiroir de droite, avec les couteaux. Sachant à quel point sa mère tenait à ce que la cuisine fût tenue en ordre, et, en particulier, à ce que la vaisselle fût bien rangée, il avait fait cela avec un soin méticuleux, sans forfanterie, mais pensant, à chaque couteau, à chaque cuiller, à chaque fourchette qu'il rangeait à la bonne place, qu'il donnait ainsi, sans que personne le sût, et d'abord, pas elle, une preuve de l'amour qu'il lui portait. « Je l'ai déjà fait », répétat-il. « Pourquoi me mens-tu ? » demanda-t-elle. Son visage exprima une vive douleur, on eût dit qu'un poignard lui crevait le cœur, qu'un animal sauvage était en train de lui dévorer les épaules, les reins. Les larmes jaillirent de ses yeux, ruisselèrent sur ses

joues. Albin, avec un sentiment d'injustice, de déses-
poir, ouvrit le tiroir de droite pour montrer comme
il avait bien rangé les couteaux. Mais à la place des
couteaux, il aperçut des objets obscènes, des excré-
ments. Sidéré, il leva les yeux vers sa mère pour se
justifier, mais elle avait disparu.

les serpents

L'aube vint. Le ciel eut la couleur de la craie, les collines, la couleur du ciel. Albin se remit en marche. Il fit la rencontre d'un facteur rural. C'était un vieux paysan, aux jambes maigres. Il était armé d'un bâton ferré. Tout en cheminant, il faisait la chasse aux vipères. Il connaissait leurs habitudes, leurs trous. Il s'accroupissait près de ces trous, enfonçait le bâton sans hésiter. Les vipères, surprises dans leur sommeil, s'enroulaient autour de ce manche. Il retirait le bâton. Elles restaient lovées autour du dard. Albin reconnut leur tête caractéristique : triangulaire, verte, écaillée. Le facteur les faisait glisser du bâton sur le sol, et à l'instant même où elles paraissaient sortir de leur torpeur, s'étirant mollement et tendant leurs bras blancs avec volupté, il leur écrasait le crâne, de son bout ferré. Il proposa à Albin d'en tuer une. Albin se sentit mal à l'aise. Il avait peur des serpents. Il avait peur de leur faire du mal. Il avait même peur de les voir en rêve. Que de fois s'était-il retrouvé dans son lit, effrayé, après s'être trouvé nez à nez, au détour d'un songe, avec un orvet ! À Amsterdam, où il était allé, une fois, à l'occasion d'un voyage pédagogique, il avait vu une fille les capturer. Elle avait une curieuse façon de procéder. Elle se tenait assise, à demie nue, derrière une vitrine, devant laquelle les hommes qui passaient dans la rue s'étaient massés. Elle ne bougeait pas, non. Elle restait immobile sur son siège, mais elle regardait, de façon pénétrante, tel ou tel de ceux qui, de l'autre côté de la vitrine, lui faisaient face. Peu à peu, il semblait se former, entre celui qu'elle avait ainsi élu et elle-même, à travers l'espace du désir, un chemin, invisible mais réel, que, brusquement, le serpent sorti des yeux d'un homme traversait, d'un mouvement onduleux et rapide, pour aller se ficher au centre même des yeux de la fille, dans le trou de l'iris, où il disparaissait. L'homme de qui le serpent était sorti poussait une sorte de gémissement, et se retirait. Un autre déjà, jouant des épaules, prenait sa place. La fille avait clos les paupières, serré les poings, elle paraissait aspirer le serpent dans sa cervelle, le digérer. Puis, elle renaissait et reprenait sa quête. Ses yeux cherchaient un autre homme dans la foule. Son regard passa sur les yeux d'Albin, il eut peur, il se fit petit, petit. « Tuez celle-là ! » cria le facteur. Albin saisit le bâton ferré, mais il n'eut pas la force de le lever. La vipère avait glissé sur le sol. Elle était rousse, elle avait les yeux verts, son visage avait des reflets de perle. Albin voulait la tuer. Il n'arrivait pas à lever le bâton. Le facteur l'encourageait avec tendresse. « Allons, fils. » Deux soldats, sortis d'on ne sait où, se trouvèrent là. Ils portaient des treillis kaki et étaient coiffés de casques énormes qui les faisaient ressembler à des martiens. Albin ferma les yeux, donna un violent coup de talon, écrasa la tête de la vipère. Le facteur posa sur elle le bout de son bâton, donna deux ou trois coups de poignet, l'enroula sur quelques centimètres, et la fit balancer, feignant de la jeter sur les deux soldats. Ils s'éloignèrent. À la voir ainsi balancer au bout du bâton, on sentait qu'il y avait eu en elle quelque chose qui participait de la nature de la femme : la flexibilité, la cruauté, la mollesse – et à l'idée qu'une femme, la Vierge, avait été choisie pour lui écraser la tête du pied, Albin ne put s'empêcher de se dire que la vipère était à l'image de son ennemie. Ils reprirent leur marche. « Vous êtes marié ? » demanda le vieux. « Non, dit Albin, je ne me sens pas mûr pour le mariage. Je vous avouerai que je n'ai encore jamais rencontré quelqu'un qui me donne l'impression de m'aimer vraiment, à l'exception de ma mère, bien entendu. » « Lui ressemblez-vous ? » « Je ne sais pas. Physiquement, un peu peut-être, mais moralement, sûrement pas. » À l'instant où il prononçait ces mots, il frissonna car il lui avait semblé entendre la voix de sa mère qui, au lieu de dire « non », avait l'habitude de dire, exactement avec la même intonation, « sûrement pas ». Il se demanda ce qu'elle pouvait être en train de faire, à cette heure matinale, mais elle était sans doute enfermée dans son cabinet de toilette, dont elle lui avait toujours interdit l'entrée, il repoussa les images qui venaient et se promit de penser à elle vers midi. Un coq chanta. Ils débouchèrent sur un plateau d'un blanc grisâtre, bosselé, à l'extrémité duquel on distinguait un ensemble de baraquements. Le facteur les montra, du bâton. « Nous sommes bientôt arri-

vés », dit Albin. Le vieux hocha la tête : « Allez seul. »
Il salua Albin d'un geste de la main et fit demi-tour.
Albin reprit sa marche vers les baraquements qui, en
raison de la nature du terrain, tantôt apparaissaient,
tantôt disparaissaient, et semblaient toujours aussi
éloignés. Il désespérait de les atteindre et, comme ils
avaient une nouvelle fois disparu, dissimulés par l'un
des replis du terrain, il finissait par se demander s'il
n'avait pas été le jouet d'un mirage, et s'il n'allait pas
se réveiller sur le plateau crayeux où il s'était
endormi, lorsque, soudainement, il y parvint.

le quartier

Le quartier se composait d'une douzaine de bâtiments en contre-plaqué, disposés en carré autour d'une place de terre battue. Au centre de cette place, supportant le mât du drapeau, se trouvait un bâtiment plus important, fait de parpaings, recouverts d'un crépi coquille d'œuf, où étaient installés l'état-major, les services administratifs et la cantine. On pouvait cantiner pour pas très cher. Les Troupes valaient trois sous, les Bastos à filtre quatre sous, les Zouave supérieur sept sous cinquante. Le « prêt » du soldat était de treize francs par mois. La guerre menaçait d'être longue, Albin pensa qu'il fallait économiser. De nombreux soldats n'achetaient pas les cigarettes toutes faites. Ils achetaient le tabac en paquet et roulaient eux-mêmes leurs cigarettes. Albin fit comme eux. Il apprit à rouler ses cigarettes. Il acheta, assez bon marché, une petite machine qui servait à ça. C'était une boîte métallique carrée, plate, un peu plus grande, mais moins large, en hauteur, qu'une boîte d'allumettes de ménage. Le couvercle en était finement ciselé. Sur la tranche, on pouvait lire, inscrites dans la masse, à la presse, ces lettres, écrites en petites capitales : MADE IN FRANCE, et au-dessous, ces lettres écrites en italique : *fabriqué par la m. f. d'a. e. c. d. St. E.* On ouvrait cette boîte, on glissait la portion de tabac nécessaire dans le creux d'une fine feuille de caoutchouc, elle-même tendue, sans excès, entre deux rouleaux d'aluminium qui se touchaient presque, on insérait une feuille de papier à cigarette dans l'étroit espace subsistant entre les deux rouleaux, on refermait d'un coup sec, et par une mince fente pratiquée sur le dessus de la boîte, les rouleaux expulsaient la cigarette. Il n'y avait plus qu'à la recueillir entre ses doigts ; qu'à la dérouler très légèrement en sens inverse afin de libérer un fil de papier sur toute la longueur de la cigarette ; qu'à humecter, sans excès, du bout de la langue, la surface ainsi exposée ; qu'à refermer en le faisant tourner dans le sens initial le rouleau constitué ; qu'à le coller sur lui-même, ce qui se faisait tout seul ; qu'à tasser enfin le tabac contenu à l'intérieur de la cigarette en en tapotant l'extrémité sur l'ongle du pouce, et qu'à fumer. L'opération semblait simple, elle était difficile, plus difficile encore à exécuter avec art, elle entretenait entre les soldats qui savaient l'accomplir et ceux qui ne le savaient pas une différence subtile, mais nette. Était tenu pour un « bleu », un « sans couilles » celui qui se révélait incapable de rouler décemment sa cigarette. Certains sous-offs, qui avaient fait plusieurs campagnes, qu'ils fussent amputés d'un bras ou non, savaient les rouler d'une seule main. L'un d'eux racontait, le soir, à la veillée, que pendant la bataille de Diên Biên Phu, il n'avait cessé de tirer à la mitrailleuse sur les Viets,

tout en se roulant, de la main droite, une cigarette.
« C'était la meilleure », ajoutait-il.

Parmi les appelés, certains apprenaient très vite à
rouler leur cigarette. D'autres y mettaient du temps.
D'autres n'y arriveraient jamais. Albin se situa dans
un juste milieu. Il ne roulait pas sa cigarette très vite,
il ne la roulait pas trop lentement. Il la roulait, ce qui
était déjà un fait acquis. Il en ressentit une certaine
satisfaction, et pendant les longues heures d'inacti-
vité qui, au quartier Bugeaud, semblaient rythmer le
déroulement du temps, il lui arrivait de rouler une
cigarette, sans envie de fumer, rien que pour cela,
pour le plaisir, ou de la rouler à la vue des derniers
arrivants, qui étaient encore inexperts, inhabiles, et
qu'il étonnait à peu de frais. Il prenait ainsi
conscience de lui. Il se sentait, de jour en jour, plus
aguerri, plus apte au combat, plus proche de l'uni-
vers militaire, plus propre à défendre les grandes
valeurs pour lesquelles il avait été mobilisé, liberté,
patrie.

Diên Biên Phu

Au quartier, la vie était réglée de façon stricte Lever, le jus, appel, salut aux couleurs, corvées diverses, exercice, repos, repas, défécation, repos, exercice, corvées diverses, baisser des couleurs, repas, appel, un dernier jus, extinction des feux. Albin s'appliqua à suivre méticuleusement cet emploi du temps, qui n'était susceptible d'aucune modification. Loin de sa mère, le soldat est livré à lui-même. Le temps lui semble long. La nostalgie est le cancer des armées. Pour combattre ces maux, quel meilleur remède que la discipline, le devoir librement accompli, le règlement respecté à la lettre ? Albin se réveilla à heure fixe, but le jus, répondit présent, salua les couleurs, éplucha les patates, mania les armes, mangea, déféqua, mania les armes, nettoya les latrines, salua les couleurs, mangea, répondit présent, but le jus, se mit au lit. L'heure qui précédait le sommeil était dédiée aux jeux de hasard, à la lecture des journaux. Le jeu le plus communément pratiqué était la belote, où Albin n'excellait pas. Les soldats gagnaient peu, mais jouaient leur prêt jusqu'au dernier sou. La dernière levée d'atout perdue, les vaincus se morfondaient, les vainqueurs allaient boire leur gain à la cantine. La gnole était de premier choix. On dégueulait derrière les baraquements. Albin préférait la lecture des revues pornographiques. Chaque soir, le sergent de semaine en faisait ample distribution. Les parois du dortoir étaient ornées de pin-up grandeur nature, sur papier vergé. Albin fit échange de revues avec son voisin de lit, qui en avait toute une collection. C'était un vieux soldat, qui rempilait pour la troisième fois. Il avait perdu un bras à Diên Biên Phu. Il défendait le point d'appui Isabelle. Les Viets les avaient submergés par surprise. Des hommes tout petits... tout jaunes... en pyjamas noirs. L'armée s'était endormie... engourdie... Quel réveil ! Quelle aube ! Les démons. Surgissant de la jungle, du sol, de la poussière. Par milliers. Par myriades. Il agitait son moignon. « Vous avez souffert ? » demandait Albin. Sur le moment, non. Dans le feu de l'action, non. On ne sentait rien. À peine une secousse. On pouvait même dire qu'à l'instant précis où le membre se détachait, on éprouvait une impression de jouissance. C'est maintenant, des années après, que l'on souffrait. La nuit, surtout. Aux changements de temps. On souffrait du bras manquant, de la main manquante – qu'il avait enterrés, là-bas, près de la rizière, sous les palétuviers. Qui le croirait ? Hein ? Qui pourrait croire qu'un bordel de Dieu de membre absent fasse souffrir ? Hein ? Hein ? Et pourtant. Les faits étaient là. Les brûlures. Les cuisures. Les démangeaisons insupportables. Interminables. Irracontables. Inimaginables. À rendre fou. « Voyez. Touchez. » Albin posa le bout des doigts sur le moignon. Le moignon frémit. On sentait là une force vivante, prête à sortir. Le vieux soldat dit : « Ça me chatouille. » Le moignon tressauta, se détendit. « Le bras que j'avais ! » dit le vieux soldat. Une larme coula le long de sa joue.

souvenirs

À l'époque, j'avais mon bras. Je pouvais tordre une barre de fer. Depuis cinq ans, nous étions en Indochine. Soleil jaune, terre jaune, poussière jaune. La bouche pleine de poussière jaune, du matin au soir. Les Viets occupaient le pays, brouillant les pistes, les coupant. Nos chefs décidèrent de frapper un grand coup. Ils demandèrent des volontaires, j'en fus. Je me fis tatouer un serpent sur le biceps. Au nord-est du pays, il y avait une cuvette, au milieu des montagnes, isolée de partout. Enfermons-y l'armée, et lorsque la vermine viet sortira des forêts pour l'encercler, nous l'écraserons d'un coup de talon. Aussitôt fait que dit. Dix mille hommes dans la cuvette, l'élite, moi avec. Des centaines de canons, des milliers de mitrailleuses. Des abris, des tranchées, des casemates, des redoutes, des fortins, des forts, des forteresses qui toutes avaient reçu des noms de femmes, j'allais de l'une à l'autre, je croyais vivre une histoire d'amour. La cuvette regorgeait d'hommes, d'armes, de rêves. Pendant les premiers mois, il ne se passa rien. Le Viet se méfiait. Les guetteurs se brûlaient les yeux sans rien voir. Les soldats s'ennuyaient. On fit venir un « bordel militaire de campagne ». Les filles travaillèrent sans s'arrêter, de sept heures du matin à neuf heures du soir. À neuf heures, extinction des feux. Je me liai d'amitié avec l'une d'elles, qui venait du Nord. C'était une Flamande, grande et blanche. La chair molle, mais en dessous, osseuse, carrée, charpentée comme une vache. Fallait ça. Deux cents hommes lui passaient dessus dans la journée. Elle écartait les jambes, elle fermait les yeux, ses lèvres remuaient. « À quoi penses-tu ? » « Je fais mes comptes. » Quelquefois, le soir, on se promenait. On allait s'asseoir sur les sacs de sable. Son rêve : ouvrir un bar-tabac, là-bas loin, dans les dunes, au plat pays. Elle s'y voyait. La salle un peu sombre. Les tables vernies. Les volets solides à cause du vent. Les rideaux, à petits carreaux blancs et rouges. Aux fenêtres, des vitres à l'ancienne, légèrement teintées, de couleurs fines, bombées, à bordure de plomb. Elle mettrait partout des fleurs artificielles, qui ne se faneraient jamais. Elle aurait deux ou trois serveuses-montantes, mais pas plus. Elle-même ne monterait jamais. Elle jouerait au quatre cent vingt et un. Elle aurait un petit chat siamois, ou alors un persan, tout gris, avec de longs poils et des yeux verts, qu'elle appellerait « Phu-Phu », à cause d'ici. Les habitués entreraient, sortiraient, elle jouerait au quatre cent vingt et un, le petit chat ronronnerait sur son épaule. Elle aurait de la bière fraîche à la tireuse. Elle resterait ouverte tous les jours. Elle n'avait jamais connu de dimanches. Elle avait trimé sans s'arrêter. Le père était mineur. La mère morte en couches. Elle avait servi de femme à son père.

84

Tout enfant, elle se levait à quatre heures pour préparer son panier. À onze ans, il l'avait mise dans son lit. À quatorze, elle s'était cassée, dame, lasse qu'il lui cassât le pot chaque soir. Elle pensait qu'il l'avait aimée, à sa manière. Elle aurait pu en parler des nuits entières. Tandis qu'elle parlait, la vermine viet était sortie de la forêt, elle recouvrait tout, les glacis, les casemates, les tranchées, les sacs de sable, les armes, les servants, j'étais sur la femme, je triquais à mort, elle fermait les yeux, mon bras fut arraché, je poussai un cri de soulagement.

les feuillées

Albin passa deux jours sans penser à sa mère. Un autre jour, il n'y pensa qu'une fois. Les jours se ressemblaient, on ne pouvait les distinguer qu'à ces détails. Le vaguemestre appela Albin sur le coup de dix heures. « Albin Leblanc ? Une lettre pour vous. » Il prit l'enveloppe, il alla s'asseoir à l'écart. Sa mère avait toujours eu la même écriture. Elle écrivait à l'encre verte, formait les lettres avec de longs jambages et de gros ventres. Elle écrivait épais, avec une plume à bec large, elle ne traçait que quatre ou cinq mots par ligne : parfois, s'il s'agissait d'un adverbe par exemple, qu'un seul. Elle écrivait les m comme des u, elle ne fermait pas les o, elle ne mettait pas les points sur les i, son écriture donnait l'impression d'une vie largement ouverte sur le rêve, peut-être d'une vie manquée.

Avant même d'ouvrir la lettre, Albin savait comment elle allait commencer. « Mon fils bien-aimé... » Il avala sa salive. Quand il était au collège, interne, à douze ans, chez les Pères, la lettre de sa mère était un événement. Il la recevait des mains du Père supérieur, il ne l'ouvrait pas, il la glissait sous son tablier, parfois même sous sa chemise, il lui arrivait de passer la journée avec cette lettre non ouverte, sur la peau. Où la lire ? En étude, on était sous l'œil des surveillants. En récréation, on était sous l'œil des élèves. À la chapelle, on était sous l'œil de Dieu. Au dortoir, on n'avait pas le temps, à peine s'était-on dévêtu et couché, les lumières s'éteignaient. Il lisait la lettre aux cabinets. Il prenait son temps. Il passait des heures dans l'étroit réduit, constellé de merde, il lisait lentement les mots d'amour. Il s'emplissait d'eux. « Mon fils bien-aimé... » Il prenait des forces jusqu'à ce qu'arrivât la lettre suivante.

La lettre à la main, il se dirigea vers les feuillées, qu'on avait ménagées au sud du quartier, contre le vent, et que dissimulait une triple rangée de cannisses. Il baissa culotte, il s'accroupit sur la large planche percée d'un trou, déchira un coin de l'enveloppe, introduisit l'extrémité de l'une des branches de ses lunettes dans l'orifice, la branche fit office de coupe-papier, l'enveloppe s'ouvrit, la lettre fut entre ses doigts. Il la déplia. Sa mère avait toujours écrit sur du papier vergé, qu'elle repliait très soigneusement, soulignant le pli, de l'ongle du pouce. « Mon fils bien-aimé... » L'encre était verte, l'écriture lâche et courante. Écartant les cuisses, Albin s'installa confortablement, reposant des fesses sur les jarrets. L'odeur de pisse et de merde remplissait sa tête, les mots de sa mère remplissaient son cœur.

Sa mère s'inquiétait. À cette pensée, Albin ne sut

plus s'il était aujourd'hui ou s'il était revenu vingt ans en arrière. Brusquement, il sentit en lui la merde durcir, il sentit son anus se contracter. Ça ne venait pas. Elle le posait sur le pot. Elle resterait à côté de lui, le regarderait, le soulèverait, le renverserait, le manipulerait de ses mains douces. « Fais un gros popo pour ta maman. » Il aurait voulu que ça dure toujours. Il ferma les yeux. Poussa. Rien à faire. La chambre était tiède. L'air avait une odeur de santal. Vingt-cinq ans, déjà. Il fermait les yeux. Le soleil tapait sur le toit de tôle. L'âcre odeur de merde et de pisse montait du trou. Il passa une main entre ses jambes, introduisit un doigt dans l'anus, décolla un peu de merde qui collait à lui comme du ciment, comme l'amour même de sa mère, la merde se décolla, elle voulait rester à lui, lui à elle.

la lettre

Mon fils bien-aimé,

il y a longtemps que je n'ai pas eu de tes nouvelles. Je m'ennuie sans toi. Tout est calme, ici. J'espère
que tu vas bien. Déjà deux semaines que tu es parti !
Comme le temps passe. M. Mazurier fait la classe. De
la véranda, où je me trouve, je l'entends dicter. Il
articule très distinctement, faisant ressortir les
consonnes doubles, les diphtongues. Sais-tu qu'il
était arrivé sans blouse ! J'ai dû aller chercher dans
l'armoire de ton père (que je n'avais pas ouverte
depuis si longtemps !) l'une de ses blouses grises, et
je la lui ai prêtée. Elle lui va très bien, quoiqu'elle ait
les manches un peu courtes. Il faut dire qu'il a les
bras un peu plus longs que ton père, les poignets
plus forts. Ses poignets dépassent un peu hors des
manches, ils sont un peu roux, un peu poilus, rien de
bien méchant. Les enfants sont sages. Ils l'ont
adopté. Hier, il les a emmenés en promenade. Ils ont
rapporté un hanneton. Ils l'ont mis sous un verre
renversé. Les vacances approchent. J'ai arrosé les
fleurs. J'ai semé des pétunias. J'ai dépoté les gardé-

nias et je les ai replantés en pleine terre. J'ai toujours aimé les fleurs. Ma mère les aimait. Elle était sans cesse en train de poter, de dépoter, je la vois encore. Elle disait que les fleurs consolent des hommes. Il a plu. Une averse brève mais violente. Elle est passée aussi vite qu'elle était venue. Je suis sortie. Je me suis retrouvée au jour de mes noces. J'avais abandonné la salle du banquet. J'étais sortie par la porte de derrière. Personne, non, personne ne m'avait vue. Le jardin sentait la terre mouillée. Les martinets volaient au ras du sol. Je pensais à l'enfant que j'aurais peut-être. La vie semblait nouvelle, inconnue, sans fin. Une plante, un arbre dont je ne pouvais pas voir le sommet, tellement il était haut, tellement il semblait se confondre avec le ciel. Où es-tu ? Tes lettres sont brèves. Nous avons tant de choses à nous dire. Il y a longtemps que nous n'avons pas parlé à cœur ouvert. Tu te souviens comme tu te confiais à moi ? Pourquoi a-t-il fallu que tu grandisses ? Tu buvais mon lait. Tu n'en avais jamais assez. Le docteur me disait : « Cessez de le nourrir, il vous fait mal. » Je n'ai jamais voulu. J'ai continué malgré les gerçures, les crevasses. Mes seins ont vieilli plus vite que moi. Ils n'ont plus de forme. Ils sont vides. Flasques. Quand je pense à celle que j'ai été ! Hier, je n'arrivais pas à m'endormir. Je pensais à toi. Je me demandais ce que tu faisais. Que diraient les chefs s'ils voyaient un soldat téter la poitrine de sa vieille mère ? Ils se moqueraient. Qui nous comprendra ? Peu avant minuit, il y a eu des éclairs de chaleur. On entendait le tonnerre gronder. Mais l'orage n'a pas éclaté. La lune brillait. De mon lit, par la fenêtre ouverte, je regardais l'étoile du berger. Peut-être la regardais-tu au même moment ? Je ne bougeais pas. Je me disais que tu étais à deux pas de mon lit, dans ton berceau. Je me disais que tu n'étais jamais né. Je me disais que j'étais morte. Fais attention. Couvre-toi. Mange assez. Ne bois pas trop. Écris-moi.

Ta mère qui t'aime.

l'instruction

« De quoi sont les pieds ? » « L'objet de soins constants ». L'instruction avait lieu quotidiennement. Le sous-off de service détaillait le règlement d'une voix forte. On pouvait poser des questions. Albin préférait écouter. Il avait l'impression que ce qu'il avait appris jusque-là ne servait à rien, qu'il lui fallait tout découvrir, épeler, comprendre. « Avec quoi nettoie-t-on son fusil ? » Des mains se levèrent. Des voix proposèrent l'huile de moteur, le chiffon de laine, l'essence de térébenthine. « Avec promptitude ! » hurla le sous-off. Il hochait la tête. Les appelés étaient vraiment des enfants. Ils ignoraient tout. Il fallait leur enseigner le B·A BA. La nuit, il y eut leçon d'astronomie. La compagnie fut invitée à reculer de quatre pas afin de voir plus aisément l'étoile polaire. L'étoile polaire, comme son nom l'indique, indique le nord. Elle est particulièrement visible les jours sans nuages et sans lune. À supposer que le chef de section ait perdu la boussole, dont il est muni, ou qu'il soit hors d'état de s'en servir, étant tombé aux mains de l'ennemi, par exemple, il suffit de regarder l'étoile polaire pour s'orienter. Lorsque vous serez en

Algérie et que l'étoile polaire sera visible, elle vous indiquera la direction de la France. C'est un avantage non négligeable en cas de guerre. En Indochine, nous n'en avons pas bénéficié. L'étoile polaire avait disparu. Elle se cachait dans un fouillis d'autres étoiles qui grouillaient et rampaient au ras de l'horizon comme des serpents dans un bocal. Il faut avoir vu, après Cao Bang, pendant la retraite, sur la Route impériale n° 1, un grand nom, ma foi, pour pas grand-chose, le ciel fourmiller d'étoiles inconnues, rampant dans le noir et se déplaçant d'un quart d'horizon tous les quarts d'heure, pour comprendre à quel point on était perdus. Sans parler du fait qu'un jour sur deux il montait du sol un nuage de poussière jaune qui se posait sur les yeux comme une taie. L'idée qu'il y avait derrière ce nuage de poussière ce ciel inconnu, où les nuages dansaient une sarabande infernale, rendait fou. Enfin, bref. C'est le passé. En Algérie, vous ne connaîtrez pas cela. L'étoile polaire sera bien visible, elle vous verra comme je vous vois, elle indiquera la direction de la France, pas de pet. Dans les heures de doute, de souffrance, regardez l'étoile. Une seule chose pourra vous surprendre, je vous en préviens. Le croissant de lune, en Algérie, n'est pas perpendiculaire au reste du ciel, comme c'est le cas dans nos régions. Il est allongé. Oui, messieurs. J'en vois qui rient. Il n'y a pas de quoi rire. Il est allongé, il est affalé, il ressemble à un Arabe couché par terre. Ne me demandez pas pourquoi, je n'en sais rien, le fait est là. La première chose qui vous frappe, quand vous mettez les pieds en Algérie, c'est de voir ces hommes couchés

par terre, jeunes et vieux, enroulés dans leurs djella-
bas ou leurs burnous, à l'entrée des villes, au croise-
ment des routes, au seuil des mechtas. Ils restent
ainsi des heures entières, immobiles, même sous le
soleil le plus brûlant. Que font-ils ? Qu'attendent-ils ?
Qu'espèrent-ils ? Quel est le pourquoi ? Le comment ? Mystère.

À l'appui de ses dires, celui qui parlait fit le récit
d'une curieuse expérience. Il se trouvait un jour,
dans une petite ville du Constantinois, à l'arrêt des
autobus, ce vaste terre-plein qui, en terre africaine,
tient lieu de marché, de théâtre, de caravansérail. À
la suite d'une fausse manœuvre, un baril d'essence
avait pris feu. Or des indigènes, qui étaient à deux
pas de là, couchés par terre, n'avaient pas fait un
geste pour s'éloigner. Ils avaient été brûlés vifs, sans
avoir bougé le petit doigt, devenant, sous les yeux de
ceux qui les regardaient, flammes, brasier, braises,
puis cendres. Le sous-off fit passer des photos couleurs, assez réussies, qu'il avait prises de l'événement
et conclut sur un ton qui parut, à certains, pessi-
miste : ces gens-là, le napalm ne leur fait ni chaud ni
froid.

La nuit suivante, Albin resta caché dans les feuillées au moment de l'appel du soir. Lorsque le clairon
eut sonné l'extinction des feux, et que les lumières
des chambres s'éteignirent, il sortit de l'enceinte qui
clôturait le camp par un trou ménagé dans le mur de
briques, et gagna le haut du plateau, d'où il regarda
longuement le ciel. C'était une nuit sans lune. Les

étoiles étaient grandes comme des phares, elles flambaient dans le noir. Une fois que ses yeux se furent accoutumés à leur lumière, Albin n'eut aucun mal à distinguer, entre ces étoiles qu'un observateur superficiel eût pu croire fixées sur la voûte céleste à la manière de clous plantés dans du velours, des failles, des trouées, des corridors vertigineux, dont certains fantastiquement vides. L'espace, loin de constituer autour de la terre une sorte de cocon harmonieux, de sphère protectrice, dont le plateau, le camp, et Albin lui-même eussent été le centre, n'était, à l'évidence, qu'un magma gigantesque, hasardeux, désordonné. Il y eut, face à lui, une pluie d'étoiles filantes. Il se souvint des nuits d'été. Sa mère l'emmenait sur le versant de la colline où était édifié le village, à l'orée d'un bois. Ils s'asseyaient dans les fougères. Il lui donnait la main. Sa mère, lui montrant le ciel, lui disait : « Attends, tu vas voir. » Il attendait, dévoré de curiosité, sa mère lui serrait vivement la main, et il voyait, alors, comme si la pression de ces doigts les eût fait apparaître, des étoiles filantes jaillir de la nuit. Sa mère lui disait qu'elles étaient des gouttes d'eau échappées aux fontaines du ciel, ou quelque chose de ce genre. Mais, ce soir-là, il vit distinctement qu'elles étaient des mondes monstrueux, une avalanche triste d'étoiles mortes, vomi d'astres, lèpre du temps.

en cas d'attaque

En cas d'attaque, creuser dans le sol un trou individuel et s'y enterrer jusqu'à nouvel ordre. Utiliser la pelle de dotation modèle 36, modifié 54, à manche court. Creuser rapidement, en choisissant si possible les parties meubles, en cas d'urgence creuser n'importe où le plus vite possible, la mort a le pied rapide, tout faire pour s'enterrer. Le trou individuel doit être juste assez large et profond pour que l'homme puisse y tenir les genoux repliés, le haut du casque affleurant au bord de l'orifice, on tassera le corps, on courbera les épaules, on enfoncera le visage dans la terre qui peut être conductrice d'informations : nombre d'ennemis, proximité ou éloignement, sens de leur marche. Partir du principe que l'ennemi vient toujours vers vous, qu'il surgira au moment où l'on s'y attend le moins, qu'il finira toujours par arriver. Dans le trou individuel, comme hors du trou, veiller, car on ne connaît ni le jour ni l'heure. Rester immobile, invisible, coi. Tasser le corps. Enfoncer les fesses dans les talons, les reins dans les fesses, les épaules dans les reins, la tête dans les épaules. Pas un mouvement, pas une parole, pas une pensée, absolument rien qui puisse attirer l'attention. Respirer très peu, déféquer sur soi, pisser le long de sa cuisse, laisser la salive sourdre des lèvres, retenir ses larmes, éviter de renifler. On connaît l'histoire de ce légionnaire qui, à Diên Biên Phu, étant rapidement sorti d'Isabelle pour pisser, le jour se couchant, fut trahi par l'arc-en-ciel jaune qui sortait de lui, et paya cette pluie d'étincelles de sa vie. Tête à terre ! Si un peu de terre entre par les yeux, le nez, la bouche, les oreilles, ne pas s'inquiéter, la terre contient de nombreux éléments nutritifs. Les végétaux ne se nourrissent pas d'autre chose. Des soldats ont vécu de sable, de neige, de racines. Le suc contenu dans les racines est immédiatement assimilable. Il se transforme sur-le-champ en suc humain, donne source à nos plus précieuses sécrétions. Quant aux vers de terre, s'il arrive d'en avaler, se rappeler que cet animal est, de par sa substance, l'existant qui se rapproche le plus de l'humain. Il est rose, faible, sans défense. Il est dénué de poils, de plumes, de carapace, de piquants. Il est confondu à sa propre chair. Il se nourrit de terre. Il forme la chaîne entre le végétal et l'animal, entre l'animal et l'humain. Il habite l'espace inférieur qui, un jour ou l'autre, sera nôtre. Tout soldat, tout homme, a été, est ou sera vers.

La date du départ approchait. Les instructeurs se faisaient plus sévères. On revenait sans fin sur les éléments simples de l'art militaire, mais non les moins difficiles à maîtriser : confection du paquetage, maniement d'armes, marche au pas. Il y avait, dans l'escouade d'Albin, deux gauchers qui, quoi qu'on fît, partaient invariablement du pied droit, provoquant le désordre dans la colonne. « Manque un pied ! » hurlait l'adjudant de service qui, à quinze mètres, l'œil rivé sur la ligne miroitante des chaussures, paraissait fasciné par la béance ouverte à l'endroit où un pied gauche aurait dû se trouver, et n'était pas. « Halte ! » Il faisait arrêter la colonne, demi-tour à droite, garde-à-vous, inspection sourcilleuse de la file où, comme par miracle, plus un seul pied ne manquait. La satisfaction du gradé durait peu, car l'ordre de remise face au sens de la marche : « Demi-tour à gauche... Gauche ! », donné brutalement, sur le coup de la colère, était diversement suivi par les rappelés. Les plus accomplis, posant délicatement la pointe du pied gauche à un fil du talon droit, pivotaient sur eux-mêmes, dans le sens des aiguilles d'une montre, avec une grâce de danseurs, cependant que d'autres, confondant le pied droit avec le pied gauche, effectuaient le mouvement en sens inverse, et que les plus malhabiles, au nombre desquels les deux gauchers, perdus dans le monde des droitiers comme deux sapins dans une forêt de mélèzes, hésitaient, ébauchaient le fameux mouvement dans un sens, puis dans l'autre, finalement attendaient que la colonne eût repris, dans l'ensemble, une certaine direction, pour s'y conformer, au petit bonheur. « Nom de Dieu de nom de Dieu de nom de Dieu de bordel de merde, disait l'adjudant, je n'ai jamais vu une armée pareille ! » Albin rougissait jusqu'aux yeux. De toute évidence, l'art militaire, la vie en commun, l'absence des femmes conduisaient à un dépérissement du langage, dont des pans entiers étaient abandonnés, et où ce qui restait ne tenait encore qu'à l'aide d'innombrables mots orduriers, sacrilèges, obscènes, qui jouaient le rôle d'étais dans un champ de ruines.

l'entretien

Question – Le Service Psychologique des Armées nous a chargés d'avoir un entretien avec chacun de ceux qui achèvent ici leur préparation. Nous aimerions savoir quelle impression générale vous retirez de cette période.

Réponse – Je ne sais pas... J'ai peur de ne pas être à la hauteur des événements.

Q – Rien d'anormal à cela. Vous venez de subir une instruction, d'effectuer des exercices qui constituent une préparation à la guerre, mais qui ont peu à voir, somme toute, avec la guerre elle-même. Dites-nous toutefois si, civil brusquement inclus dans la société militaire, vous vous êtes, ou non, adapté à cette société ?

R – Civil, en effet, de mœurs douces, d'esprit timoré, ami du silence, des enfants, des livres, je craignais de mal m'adapter à la société militaire. Le fait est que je m'y suis adapté au point de ne pas m'y sentir tout à fait étranger. L'étrangeté de la situation, pour moi, est là.

Q – Vous vous exprimez d'une manière compliquée. Ne pouvez-vous parler plus simplement ? L'art de la parole, reflet de l'art de la guerre, n'est-il pas un art simple ?

R – Je m'exprime à ma manière, qui peut paraître compliquée, mais mon seul souci, je vous prie de le croire, est la clarté.

Q – Estimez-vous avoir l'étoffe d'un chef ?

R – Non.

Q – Pourquoi ?

R – Je ne possède pas les qualités qui font les chefs.

Q – Qui sont ?

R – Celles que je n'ai pas.

Q – Une vision d'ensemble ?

R – Entre autres.

Q – Diriez-vous de la guerre qu'elle est affaire de détails, dont chacun différerait de ce qu'il eût été en temps de paix, ou qu'elle est dans l'ensemble tragédie, horreur ?

R – Je suis tenté de dire qu'elle est affaire de détails.

Q – Détails tragiques ?

R – Certains tragiques, d'autres non.

Q – Imaginez-vous un charnier ?

R – Non.

Q – Diriez-vous de l'homme qui se trouve entraîné dans la guerre qu'il est plus libre ou moins libre que l'homme qui vit en temps de paix ?

R – Plutôt... plus libre.

Q – Le soldat n'est-il pas cependant enfermé dans le carcan de la hiérarchie, des combats, de la discipline ?

R – La discipline est telle parce qu'elle est librement consentie. Une fois ce pas fait...

Q– Eh bien ?

R – La morale vacille, c'est pourquoi l'homme se sent plus libre.

Q – Exemple ?

R – On peut tuer.

Q – Tueriez-vous ?

R – Aujourd'hui, non.

Q – Demain ?

R – Peut-être.

Q – L'instruction qui vous a été donnée ici vous a préparé, on a dû vous le dire bien des fois, à cette variété de la guerre que l'on nomme, à tort ou à raison, la guerre civile. Diriez-vous de la guerre civile, telle que vous en jugez au moment où nous parlons, qu'elle diffère ou non de la guerre étrangère, dite, couramment, « la guerre » tout court ?

R – Il me semble que la guerre civile est différente.

Q – En quoi ?

R – En ce que l'on se sait proche de ceux que l'on combat, à croire que l'on se combat soi-même.

Q – Ce sentiment vous conduit-il à penser que la guerre civile est, ou non, plus cruelle, plus inexpiable que les autres ?

R – Plus cruelle, plus inexpiable.

Q – Pourquoi ?

R – Parce qu'il n'est pas instinct de destruction qui, porté à son comble, ne se retourne finalement contre soi.

Q – Vous suicideriez-vous ?

R – Moi non, les autres oui.

Q – Pourquoi dire « moi non » ?

R – Je ne suis qu'aux lisières de la guerre. Je ne suis pas dedans.

Q – Vous tarde-t-il d'y être ?

R – Oui.

Q – Au suivant.

le forestier

L'entretien avait lieu dans une camionnette du Service Psychologique des Armées (plus connu du public sous son abréviation familière, S.P.A.), qui stationnait, depuis quelques jours, à l'entrée du bâtiment administratif. Les conversations étaient menées par deux officiers du Service qui transcrivaient soigneusement les réponses des rappelés, puis qui les réduisaient en éléments simples, de telle sorte qu'elles pussent faire l'objet d'un résumé sommaire, puis de fiches perforées. Elles devenaient alors un matériel statistique, parmi d'autres, que le gouvernement utilisait, à bon escient, pour la conduite de la guerre. Les officiers du S.P.A. paraissaient ne jouer qu'un rôle mineur dans l'énorme machine que les événements avaient mise en branle. En réalité, par la manière dont ils intoxiquaient les gouvernants, ils jouaient un rôle déterminant dans l'élaboration des causes qui jetaient les États dans la tourmente, ils créaient eux-mêmes l'événement, et tandis qu'ils semblaient somnoler, entre deux entretiens, dans le salon bleu-mauve de la camionnette (couleur choisie par eux après de savantes études, car ils avaient

conclu qu'elle portait, plus que toute autre, aux
confidences), savourant leur pouvoir, ils préparaient
in petto des embrasements planétaires, des guerres
totales, des conflits qui réduiraient le monde à
néant.

L'entretien terminé, la coutume voulait que l'on
allât boire un coup, à la cantine, accompagné de
ceux avec qui l'on avait été convoqué. Albin sortit le
dernier. Le soldat qui était passé juste avant lui
l'avait attendu. « J'ai des sous, c'est moi qui paye »,
dit Albin. Ils allèrent s'asseoir dans la cantine. Le
cantinier leur servit deux Spaten. Le compagnon
d'Albin se trouva être un Alsacien. Il avait le teint
blanc comme du chou, les cheveux filasse comme du
houblon, le teint jaune comme de la bière. Il parlait
avec l'accent guttural des gens de l'Est. Son visage,
aux lignes tracées à grands traits, comme elles l'eussent été par un portraitiste pressé, révélait une senti-
mentalité à la fois fruste et brumeuse, telle qu'on la
concède, par une intuition rarement prise en défaut,
aux êtres nés dans les contrées pluvieuses, les vallées
profondes, les forêts. Il était forestier, et il ne cessait
de se plaindre, à cause d'une coupe de mélèzes qu'il
avait dû abandonner, alors qu'il avait entrepris un
travail d'élagage et de débroussaillage, qui était
maintenant remis « à perpète », comme il disait.
L'armée croyait sans doute qu'on pouvait abandonner les arbres à eux-mêmes, les laisser envahir par
les ronces. Erreur. Lourde erreur. Erreur mortelle.
L'arbre a besoin d'espace. Il a besoin d'y voir. Il a
besoin de respirer. Il a besoin du forestier, son ami

Le matin, de bonne heure, dans la brume givrante, alors qu'au loin, très loin, les coqs se font entendre, et qu'on arrive au seuil de la forêt, quand on pose la main sur le premier mélèze, on sent battre le cœur de l'arbre, on sent la sève courir dans le tronc, l'arbre a senti l'homme et, à travers l'écorce, qui est la peau de l'arbre, il fait passer la chaleur de sa vie dans la peau de la paume de la main de l'homme. « Il n'y a rien de pire qu'un arbre qui s'ennuie. Il peut crever. Il peut crever en trois semaines. » Le forestier posa devant lui une réglette sur laquelle il avait fait, au couteau, une encoche pour chaque jour passé depuis que les gendarmes étaient venus le chercher. Il paya sa tournée après qu'Albin eut payé la sienne, Albin remit ça, le forestier remit ça, puis Albin cessa de boire, un peu ivre, mais le forestier continua de boire en plaignant le sort de ses mélèzes. Albin avait posé la main sur la réglette et il avançait l'index, d'encoche en encoche, chaque fois que le forestier enfournait un nouveau demi. Au septième demi, le forestier commanda un petit verre de geniè-vre, pour l'aider à « faire passer », et il but coup sur coup, sans cesser de parler, encore six demis et six verres de genièvre. Il cessa alors de parler. Ses yeux étaient devenus blancs. Des gouttes de sueur ruisse-laient sur sa face jaunâtre, dont les pommettes, par moments, brillaient d'un éclat rouge sombre, comme un feu de forêt, dans le lointain. « Un demi ! » Le cantinier apporta un demi, donnant un coup d'éponge sur la table souillée, le forestier tira de sa poche un long couteau, l'ouvrit, le posa devant Albin, et plaça, à côté, sa main droite grande ouverte, les doigts largement écartés. « Coupe-moi l'index. » Albin recula, repoussant sa chaise. « Salaud ! s'écria le forestier. Tu ne m'auras pas, et ils ne m'auront pas, eux non plus. C'est pas demain que je pourrai me servir d'une gâchette. » Il prit le couteau de la main gauche et, avant même qu'Albin ait pu faire un geste, il se trancha l'index de la main droite, qui glissa de la table et qu'Albin, s'étant mis à quatre pattes, ramassa.

conséquences

L'acte du forestier eut des conséquences inattendues. Un soldat se sectionna le gros orteil, un autre avala deux tubes d'aspirine, un autre, une bouteille de pastis. Celui-ci mourut. Trois soldats firent le mur et s'évanouirent dans la nature. On lança à leur trousse une escouade renforcée d'un maître chien, vainement. Albin fut accusé de n'avoir pas empêché le forestier de se mutiler. L'accusation fut soutenue par le cantinier qui ne pardonnait pas à Albin de n'avoir bu que deux demis alors que, dans le même temps, le forestier avait bu treize demis et six verres de genièvre. Heureusement, le Service d'Action Psychologique intervint. L'officier qui s'était entretenu coup sur coup avec les deux hommes affirma qu'Albin, quoique faisant preuve d'une certaine confusion de pensée, aggravée par une expression plus confuse encore, s'était relativement bien intégré à l'institution militaire (qui, au dire de l'officier, « comportait, comme toute œuvre humaine, des lumières et des ombres »), alors que le forestier, avec qui il s'était entretenu juste avant, s'était montré agressif, brutal, rebelle au dialogue. « Il ne pensait qu'à ses arbres. » Le commandant du camp, siégeant seul et se prononçant sur-le-champ, comme il est de règle en matière disciplinaire, déclara Albin blanchi de l'accusation, et ordonna que le forestier, inapte à porter l'uniforme, fût remis dans le train, à destination de ses foyers, après avoir purgé trente jours de mitard. Le cantinier avait récupéré le doigt coupé et l'avait placé dans un petit sac de plastique, avec des glaçons, et le forestier demandait qu'il lui fût rendu, mais le commandant, sur le bureau de qui le sac avait été placé, à titre de pièce à conviction, déclara qu'un objet ramassé dans une enceinte militaire appartenait de droit et de fait à l'armée, et tirant le doigt du sac de plastique, le donna à manger à son chien. Le forestier déclara qu'il s'en foutait, l'essentiel étant qu'il pût rapidement revoir ses arbres. Il fut conduit au mitard où il se saoula et où il saoula ses gardiens, qui furent eux-mêmes condamnés au mitard, qui offrit, pendant trente jours, le spectacle d'un pandémonium. Le trentième jour, le forestier fut rendu à la vie civile, il apparut en costume alsacien, provoquant l'hilarité générale. Il paraissait vieilli de vingt ans. Au moment de monter dans la camionnette, marquée de la croix rouge, qui allait le conduire à la gare, il serra vivement Albin dans ses bras et, sur un ton d'excuse, bredouilla quelques mots avec un accent tel qu'Albin ne les comprit pas. La semaine suivante, Albin reçut de Truchtersheim, Bas-Rhin, une carte postale, rédigée en dialecte, dont le verso représentait une forêt pentue que, les talons accrochés aux marches exiguës d'un escalier de bois fixé aux flancs mêmes de la montagne, s'arc-boutant pour retenir l'écrasante charge de futaie qu'il portait sur son dos, sur fond de mélèzes, pipe au bec, descendait un schlitteur.

le départ

Le régiment reçut l'ordre de départ. Albin embarqua sur le *Massalia* avec deux mille hommes. Le navire resta à l'amarre un jour entier avant de gagner la haute mer. La foule se pressait sur les quais. Les soldats s'étaient massés sur la plage arrière. Lorsque la sirène retentit, il y eut des hourras. Les mouchoirs s'agitèrent. Une femme releva son chandail à deux mains, découvrant ses seins, les offrant à ceux qui partaient. Le navire quitta l'accostage lentement, accompagné par une nuée de voiliers. Albin avait gagné les coursives. Il regarda la ville osciller. Il cessa peu à peu d'apercevoir le port, puis les maisons, puis la statue qui se trouvait au sommet de la basilique, puis la terre. On était en mer. Pendant la première heure, le navire longea des îles si blanches et si brillantes qu'on aurait pu les croire faites de sperme solidifié. La dernière d'entre elles portait à son sommet une tour génoise, à demi démembrée, qui se dressait, pareille à un phallus déguenillé, dans une épaisse brume de lumière. Elle semblait être le dernier signal de la mère patrie, l'adieu fait par le sexe et le sel, la promesse, peut-être, d'un au revoir. Elle disparut à son tour. Il n'y eut plus que la mer. Elle était calme. Le vent était tombé. L'horizon se stabilisa. Les soldats se mirent à jouer aux cartes. L'un d'eux, qui avait une mandoline, s'adossa à la pile des havresacs, que l'on avait recouverts d'une bâche, et chanta la vieille rengaine des fusiliers marins :

> *Dix mille sommes partis*
> *Pour l'enfer sous le ciel gris*

> *La mer aux cheveux verdâtres*
> *Du soldat c'est la marâtre*

> *Ses yeux tangage et roulis*
> *Dans ses bras il faut mouri...*

Albin passa la nuit sur le pont, allongé sur un banc de bois, la tête sur son paquetage. Le ciel était constellé d'étoiles. Albin avait l'impression que le voyage ne finirait jamais, que le navire, une fois qu'il aurait atteint la ligne d'horizon, poursuivrait sa route dans le ciel, à travers les planètes et les astres, jusqu'à ce qu'il atteigne un lieu habité. Il ne dormit pas et imagina des mondes inconnus. Puis le ciel pâlit, les étoiles s'effacèrent. Le navire fit un quart de tour sur lui-même et prit la direction du sud. Les soldats se massèrent sur la plage avant. Le navire était encore en haute mer quand soudain s'éleva un vent de parfums si épais, si fort, qu'Albin en fut comme enivré. Il s'accrocha des deux mains au bastingage, aspirant ces parfums de toutes ses forces, en emplissant ses poumons au point qu'il craignit de défaillir. Puis il aperçut un vol d'oiseaux, puis, çà et là, sur la mer d'un bleu-noir intense, des bateaux, des barques, qui semblaient converger vers le même point, et soudain, devant lui, il vit monter des eaux une ville blanche.

DEUXIÈME PARTIE

l'Algérie

Ils débarquèrent. Vue de près, la ville était d'un blanc grisâtre, avec, çà et là, des boutiques bariolées. Albin remarqua deux vieilles, vêtues de noir, qui tricotaient, sur le pas de leur porte, assises sur des chaises basses. Ils ne firent que passer. On les conduisit, le matin même, en camion, à Tizou-Ouzou, où ils arrivèrent en début d'après-midi. Albin s'attendait à être étonné : or, c'était en tout point une petite ville française. Albin reconnut l'église, l'école, la mairie, le monument aux morts, l'allée des platanes, la mère de famille qui faisait les courses, sa baguette de pain sous le bras, le gosse qui courait sur le trottoir portant deux bouteilles de gros rouge, les hommes, ou messieurs, dans la force de l'âge, en maillot de corps ou chemisette, qui disputaient une partie de pétanque, le retraité qui faisait pisser son chien. Quelques Arabes, les uns couchés par terre, d'autres adossés à des murs dans lesquels ils paraissaient s'être incrustés, d'autres enfin assis sur le fin bout de l'échine de bourricots étiques qui portaient, outre leur maître, de grands paniers d'osier tressé, semblaient être des figurants qui s'étaient trompés de film. Un sous-off

montra de l'index à Albin une échoppe de planches
que fermait à demi un rideau métallique déglingué,
et devant laquelle s'entassaient des caisses de limo-
nade. « Le café maure. » La révolte était née dans
ces cafés maures, parmi ces hommes assis sur des
tapis, qui disputaient d'interminables parties de
dominos. La réaction trouvait sa force dans les cafés
tout court, autour de l'anisette, dans les salons
bourgeois, ou petits-bourgeois, meublés de bergères
Louis-Philippe, dans les salles d'honneur des mai-
ries où des Mariannes en plâtre, reposant sur leurs
seins, régnaient sur un mobilier de formica. Le buf-
fet avait été dressé sur une grande table en fer à
cheval. Les autorités civiles-religieuses-militaires
étaient présentes. Des femmes en toilette claire, aux
bras nus, aux décolletés profonds, aux colliers de
jais, dont certaines portaient à la cheville un mince
bracelet fait d'un poil d'éléphant, accompagnaient
les élus, les commerçants, les fonctionnaires. On
distinguait mal les filles des mères tellement celles-ci
étaient jeunes, belles, appétissantes. L'administra-
teur fit observer une minute de silence, en hom-
mage aux morts de toutes les guerres, dont les
ombres légères semblaient planer au-dessus de
l'assistance, puis, ayant derechef toussé pour
s'éclaircir la voix, leva son verre de mousseux :
« L'Algérie c'est la France ! » La formule parut sibyl-
line à Albin, qui ne sut s'il fallait la classer parmi les
tautologies dénuées d'utilité, ou parmi les contra-
dictions insurmontables. On applaudit frénétique-
ment. L'harmonie municipale attaqua *La Marseil-
laise*, puis enchaîna sur les airs du folklore national.

C'est la java. Pigalle. Viens poupoule. Le chef de corps donna le signal de la danse. Albin se retrouva dans les bras d'une dame écarlate, coincé entre des biceps sans équivoque, et la barrière doublement équivoque des seins. La dame le mangeait des yeux. Elle avait eu, enfant, un bec-de-lièvre, qui avait été habilement opéré, et dont ne subsistait, sur la lèvre supérieure, qu'une mince cicatrice, mais qui la soulevait, imperceptiblement, du côté gauche, ce qui fait qu'à travers la fente ainsi révélée, Albin voyait briller, par intermittence, une dent en or. Par une association d'idées involontaire mais tenace, il eut, dès lors, présent à la mémoire le vers par lequel Heredia avait décrit les conquistadores en quête du fabuleux métal,

Comme un vol de gerfauts...

et, malgré ses efforts, il ne réussit pas à s'en débarrasser. Des parfums d'asphodèle montaient du corsage largement échancré de la dame, imposant par bouffées, à l'esprit désemparé d'Albin, les bribes d'un autre poème, qui venait s'entremêler au premier. Il y eut un dernier vibrato et la valse cessa. La dame demeura où elle était, les jambes frémissantes, attendant la reprise, sans desserrer les bras, sans relâcher l'étau de sa poitrine, qu'Albin, baissant les yeux, voyait se gonfler et se dégonfler doucement, pareille aux immenses mamelles de la mer. La dame dut sentir le poids de ce regard car, relevant les paupières, qu'elle avait abaissées aux dernières mesures, elle chercha des yeux les yeux d'Albin et lui sourit.

Sa lèvre supérieure se releva à son tour sur toute sa longueur, et Albin aperçut, du côté opposé au bec-de-lièvre, une seconde dent en or, parfaitement symétrique à la première.

myopie

Dans la période qui suivit, Albin eut le loisir de tenir son journal, pratique à laquelle il s'était astreint dans les années heureuses, à l'école normale d'instituteurs, avant de se trouver en charge d'une classe, et à laquelle il revenait sitôt qu'il en avait le temps : l'occasion fait le larron. J'ai eu entre les mains ce précieux document ; j'y reviendrai. Dès à présent, je voudrais dire que le plus élémentaire rapprochement des dates fait apparaître qu'au moment précis où Albin dansait entre les bras de la grosse dame, à Tizi-Ouzou, étaient faites à Paris les déclarations relatives à « l'autodétermination du peuple algérien », déclarations retentissantes, aptes à couvrir la voix d'une formation orchestrale, fût-elle essentiellement composée de cuivres, ce qui était le cas pour cette harmonie municipale, et qui allaient avoir sur l'Histoire les conséquences que l'on sait. Ce soir-là, pourtant, Albin écrit sur le carnet cartonné noir, à tranches rouges, à feuillets bâtonnés, à dos spirale, à l'enseigne du Sergent-major, qu'il porte toujours sur lui, même s'il n'a pas l'intention d'y écrire (mais il pourrait avoir cette intention), ces simples mots : « Soirée *dansante. La grosse dame. Une dent en or, puis une autre.* » Il s'élève ainsi, sans effort, comment ne pas le constater, au génie controversé de cet homme qui écrivit sur son cahier, le 14 juillet 1789 : « *Rien* », de cet autre qui notait au soir du 2 août 1914 : « *Aujourd'hui, piscine.* » Ce dernier, quelques jours avant que ne se déclenchât l'holocauste, avait passé une soirée à l'opéra, et n'avait retenu du spectacle, si l'on en croit ce qu'il en avait relaté, de son écriture pattes de mouche qui, d'une certaine manière, ressemblait à son visage, à ses lèvres trop minces, à ses yeux noirs d'encre, que « *cette tache rouge sombre au fond de la bouche rouge vif de la cantatrice* ». Aveugle à la guerre, il avait vu distinctement, par cet effet qui porte l'homme à voir le bouton de fièvre plus facilement que le géant, et que l'on pourrait appeler, avec les précautions d'usage, *l'effet de myopie*, l'image de la guerre. De même Albin, notant l'éclat de l'or, était-il loin de se douter qu'un objet d'or jouerait, avant peu, un rôle fatal dans son destin. Mais n'anticipons pas. Laissons-le s'endormir dans la chambrée où, malgré l'extinction des feux, les soldats continuent de bavarder à voix basse, tandis que tout autour, dans la campagne, braient les ânes, aboient les chiens.

le rébus

Albin passa deux nuits dans les bras de la dame, dont on pourrait dire, avec le recul, qu'elle jouait un rôle d'initiatrice à l'égard des membres les plus innocents du contingent. Elle arrivait à obtenir de certains qu'ils l'appelassent « Maman », du nom qu'on lui donnait à l'époque où elle tenait un B.M.C. à Sidi-Bel-Abbès, non loin de la garnison du 1er Étranger, condition qu'elle avait quittée pour s'établir, ni vu ni connu, seule à son compte, dans cette petite ville provinciale, où elle était protégée par les notables, et soutenue, *in petto,* par de nombreuses mères de famille, qui préféraient que leurs garçons, aux premiers bouillonnements de la jeunesse, allassent déverser le trop-plein de leur sève entre ses cuisses vastes et expérimentées, plutôt qu'entre les cuisses maigres et inexpertes de leurs filles, promises à de retentissants mariages en robe blanche que suivrait, selon l'orgueilleuse coutume, l'exposition des draps tachés de sang, mais Albin ne put s'y résoudre. Il l'appela, dans sa candeur, « Minette », mot qu'il inventa seul, y voyant un discret avatar de « Maman », construit sur le principe, connu des

pédagogues, de la « dégénérescence des diminutifs »
(*Maman, Maminette, Minette*), mais elle lui apprit que
ce singulier nom propre était aussi un nom commun,
et il put, sans offenser la langue, faire minette à
Minette. Elle lui dévoila, aussi, tant qu'elle y était, les
mystères complexes de la fleur de lotus, du baiser au
lépreux, et des ailes de papillon – ailes de papillon
qui, soit dit en passant, atteignaient chez elle la
dimension qui les faisait nommer, ailleurs, « tablier
des Hottentotes ». Elle en souffrait. Elle en souffrait,
pensant que le sexe d'une femme, surtout si cette
femme vit de la galanterie, doit être d'apparence discrète, réservée, pourquoi pas même, austère, alors
que le sien, par la conformation de ces funestes ailes
de papillon, distendues, violettes, molles et baladeu-
ses, qui dépassaient, semblait toujours folâtre, dis-
sipé. Elle était patriote. Les discours qu'elle tenait à
Albin reprenaient, en les exagérant, les discours
habituels aux Pieds-noirs, et semblaient à Albin enta-
chés d'incohérence : tantôt elle soutenait que les Arabes étaient en tout point semblables à la population
de souche européenne et qu'il fallait les intégrer
entièrement à celle-ci, tantôt qu'ils étaient ses pires
ennemis et qu'il fallait les combattre comme tels ;
tantôt elle affirmait que l'armée était le seul espoir
de l'Algérie française, tantôt qu'elle était un ramassis
de traîtres, qui la poignardaient dans le dos. Les officiers craignaient de discuter avec elle, comme ils craignaient de discuter avec les Pieds-noirs, dont les
accès de fièvre versatiles les déroutaient, et plus
d'un, qui triquait son cul majestueux, eût aimé
qu'elle fût la Femme Sans Tête. Le surlendemain du

jour où il fit sa connaissance, Albin, se rendant chez elle vers cinq heures de l'après-midi, sans trop savoir s'il avait envie de lui déclarer son amour ou de lui faire ses adieux, eut la surprise de la trouver écrabouillée contre le mur de la salle à manger Quelqu'un avait lancé une bombe par sa fenêtre. Le matin même, elle avait reçu, par la poste, une lettre qui ne contenait rien d'autre qu'un rébus :

les obsèques

Les obsèques de « Maman » furent endeuillées par une ratonnade. Non loin du cimetière, un Arabe, qui avait semblé regarder le cortège avec, dans les yeux, une expression de moquerie, fut pourchassé, capturé, battu à mort. Albin, pris dans la foule, ne put s'empêcher de voir, dans un tournoiement d'images à dominante rouge, le dépeçage. Il connaissait vaguement le mot « ratonnade », que la presse s'était mise à employer, peu à peu, depuis le début des événements, il n'en connaissait pas la réalité. Tandis que la foule, le coup fait, se dispersait sous les platanes avec des grognements de bête repue, Albin se cacha dans l'encoignure d'une boutique et vomit. Il était arrivé en Algérie depuis quatre jours à peine, et il prenait conscience, tout en vomissant, du fait que ces quatre jours avaient été, pour lui, plus longs que quatre mois, quatre années, quatre vies. Accroupi sur ses talons (il s'aperçut qu'il se trouvait dans l'encoignure du café maure, lequel avait baissé son rideau de fer, près de l'entassement des caisses de limonade sur quoi l'on pouvait lire ces mots marqués au fer LIMO-NADE L'ORIENTALE ALGER), sentant sur son crâne le feu du soleil, qui tapait à la verticale, dans son cœur la honte de ce qu'il avait vu, sur ses lèvres le goût fétide du vomi, il pensait qu'il avait affreusement changé. En apparence, il demeurait Albin, de même que Tizi-Ouzou avait, en apparence, les traits précis d'une petite ville française. Mais en réalité ? Albin voyait, maintenant, à travers les caisses de limonade disjointes, les gens qui revenaient du cimetière, par l'allée des platanes, se diriger vers le Café du commerce, s'asseoir par petits groupes autour des tables de fer peintes en vert, commander l'anisette, la grenadine pour Madame, qui s'éventait, offrant exactement le spectacle de la société la plus française, c'est-à-dire la plus paisible qui soit, alors qu'ils venaient de tuer un homme.

Et lui-même ? Le front posé contre la caisse, Albin dut convenir qu'il n'avait pas dit un mot, pas fait un geste pour empêcher ce qui venait de survenir. Le mouvement était parti sur son côté gauche, et il avait été emporté dans un tourbillon de cris et d'images avant même de comprendre ce qui se passait. Un mouvement de foule, c'est comme une bombe qui explose. Il s'était senti soulevé du sol. Puis tandis qu'il luttait pour respirer, pour garder son équilibre, sentant que le mouvement puissant de la foule l'entraînait malgré lui vers le centre du maelström, il avait aperçu, au cœur de la spirale, un homme qu'on tuait, puis une brusque convulsion de la foule l'avait rejeté hors d'elle. Il était resté là, adossé à un arbre, cherchant à reprendre son souffle, hébété, et soudain la bête à mille voix, à mille bras, à mille têtes s'était

154

apaisée, le nœud s'était dénoué, et Albin avait vu de ses yeux, à terre, ce qu'il n'aurait cru jamais voir. Il avait senti le cœur lui monter aux lèvres, il s'était écarté, il avait vomi. Il n'avait même pas eu l'idée, le courage, de revenir auprès de l'affreuse dépouille qui gisait à même le sol, de se pencher sur elle, de la toucher, de poser un baiser sur ce qui l'instant d'avant était un homme. Un chien, prudemment, s'en approchait, puis deux, puis trois, puis tous les chiens du quartier, qui allaient faire, en quelques minutes, place nette. Albin se mit à trembler de tous ses membres, puis, faisant, pour se relever, un effort qui le couvrit d'une sueur glacée, il réussit à se mettre sur ses jambes. Il se tint debout, appuyant maintenant le front contre le rideau de fer du café maure, puis il inspira profondément, serra les mâchoires, sentant distinctement ses dents grincer et, prenant bien soin de mettre un pied devant l'autre, il s'éloigna. Il fit un grand détour, évitant la place, où le cliquetis des boules de pétanque indiquait que la partie du soir était commencée, et revint au quartier. Il avait l'impression que ses mains, ses vêtements sentaient le sang. Il se mit nu sous la douche, se savonna, se frotta, lava ses vêtements à grande eau, mais l'odeur persista, à croire qu'elle était dans l'air qu'il respirait. La nuit venue, il se tourna et se retourna sur son lit de camp sans parvenir à trouver le sommeil. Il ne s'endormit qu'à l'approche de l'aube, alors que le clairon du réveil n'allait pas tarder à sonner. Il fit un rêve qu'il ne put jamais se rappeler.

effritement

Le lendemain, en fin d'après-midi, Albin prit l'anisette avec le maire adjoint, dont il avait fait connaissance chez la défunte. La nuit tombait. La petite place était très calme. Ils s'étaient assis à la terrasse du café L'Alsace-et-Lorraine. À travers les branches des platanes, on voyait le ciel. La lumière hésitait entre l'or et le rouge sombre. Un Arabe traversa, poussant devant lui cinq ou six moutons poussiéreux et craintifs. Une petite fille en robe blanche sortit de l'épicerie et courut au-devant des moutons. Elle leur donna à manger du sel dans sa main. Ils lui léchaient la paume. Elle riait. Le maire adjoint versa délicatement l'eau dans son verre d'anisette – un verre plus petit et plus étroit que ne le sont les verres ordinaires –, prenant soin de n'en mettre ni trop, ni trop peu, puis il choqua son verre contre le verre d'Albin. « Le bruit court... n'est-ce pas... » C'était un homme gros, mou, chauve, rougeaud, portant lunettes, affecté d'un léger zozotement, aux pommettes marquées de couperose, et qui avait toujours prêté à sourire, depuis sa tendre enfance, à cause de sa trop petite bouche charnue. Ce défaut, si l'on peut dire, l'avait rendu extrêmement sensible à la moquerie et, par voie de conséquence, extrêmement aimable, serviable, altruiste : il allait au-devant des désirs de ses compatriotes, et même de leurs pensées, afin que, pris de court par la nécessité de lui manifester leur gratitude, ils n'eussent pas le temps de se gausser de ses lèvres ourlées, grasses, purpurines – sa bouche en cul de poule, disaient-ils. Il était vêtu d'un gilet de corps à trous nids d'abeilles, et d'un pantalon de toile bise qui lui remontait jusque sous les seins, et que soutenaient de larges bretelles de couleur kaki, souvenir de l'armée, de la captivité, peut-être. « Je me suis laissé dire que vous étiez sur le point de nous quitter... J'ai peine à le croire. » « J'ai peine à le croire moi-même », dit Albin. Il versa de l'eau dans son anisette, trop vite. Le précieux liquide, argenté, vira, devint clair. « Vous l'avez noyée ! » dit le maire adjoint d'un ton consterné. Il lança à Albin un regard où il mit une forte dose d'altruisme, et tandis qu'Albin se confondait en remerciements, lui fit apporter une autre anisette dans laquelle il versa lui-même l'eau goutte à goutte. « Le bruit court aussi... n'est-ce pas... que vous avez été le dernier amour de notre amie... » « Je ne sais que répondre, dit Albin. Sachez que je ne suis en rien un homme à femmes... » La fillette revint vers eux en courant. « C'est ma nièce, dit le maire adjoint. Arlette, dis bonsoir au soldat. » Elle tendit la main, puis, se ravisant, l'essuya vivement à sa robe. « Excusez-moi, elle est toute mouillée. C'est amusant de donner du sel aux moutons. Ils ont la langue râpeuse. Ça chatouille entre les doigts. » Elle toucha du bout des doigts la main d'Albin et rentra en courant dans l'épicerie. « Elle est innocente, dit le maire adjoint. C'est une enfant. Les enfants disent tout ce qui leur passe par la tête... Quant à notre amie... » Il hocha la tête d'un air entendu. « Je ne puis me faire à ce qui s'est passé pendant les obsèques, dit Albin. La vision de cet événement me poursuit. » Il dit « cet événement » comme on disait « les événements » au lieu de dire « la guerre ». Cette guerre n'en était pas une. Elle restait cachée sous une couche de mots imprécise, molle, cotonneuse, sous laquelle il était à peu près impossible de la retrouver. Le maire adjoint fronça les sourcils, plissa le front, cherchant à se rappeler, dans le cours immense des « événements », de quel événement il s'agissait. « Ah oui... cet incident... pendant les obsèques... Oui, c'est regrettable... n'est-ce pas... c'est infiniment regrettable. » Il but une gorgée d'anisette, reposa le verre doucement, comme s'il craignait de le briser. L'événement confus, devenu à peine un incident, parut se dissoudre dans la mémoire, dans la nuit qui était maintenant venue. Le soleil avait disparu. Le ciel continuait de briller doucement, semblable à une coupole éclairée par un projecteur caché, à l'écho lointain d'un cri. Albin ne put s'empêcher de bâiller. « Veuillez m'excuser..., dit-il au maire adjoint, je pars demain matin... » « On m'a dit que vous aviez demandé à être affecté au camp de M'Silah... le camp qui sert de base aux colonnes opérationnelles... celles qui ont réellement affaire aux rebelles... Vous savez que cela ne sera pas drôle tous les jours. » « Il se peut, dit Albin en réprimant un nouveau bâillement, mais ici je ne me sens

161

pas à mon aise... j'ai l'impression que tout s'effrite...
les choses... les mots... et même moi. » « Que voulez-
vous dire ? » « Je ne sais pas... Je mentirais si je disais
que je le sais... C'est une impression... une intuition... » Ses pensées se brouillaient dans sa tête. Il se
leva, il chercha à tendre la main au maire adjoint,
mais sa main ne rencontra que le vide. Hésitant
entre tables et chaises, dans l'obscurité venue, il
quitta la terrasse du café, il reprit le chemin du can-
tonnement.

le camp

Le vieux D.C.3 de l'armée de terre se posa sur la piste de fortune que le génie avait construite près du camp de M'Silah, auquel il apportait, une fois par semaine, les quotidiens, l'eau, les médicaments, les munitions. Sortant de la carlingue, Albin vacilla un instant, sous le coup de poing de la chaleur. Le camp se trouvait à environ cent cinquante kilomètres au sud-est de Tizi-Ouzou, à égale distance, pratiquement, d'Alger et de Constantine, sur les hauts plateaux caillouteux qui séparent la zone côtière des premiers contreforts des monts D'Mäala. Il avait la forme d'un quadrilatère de huit cents mètres de côté. Au centre se trouvait le village de tentes, tentes vert bouteille de l'infanterie, disposées en longues files rectilignes et qui abritaient cinq mille hommes. De part et d'autre du village de tentes, le génie avait construit des baraquements de bois où avaient pris place les services – administration, intendance, infirmerie, armurerie. Côté sud, de grossiers abris de toile servaient de garage aux véhicules – jeeps, camions de divers type servant au transport de la troupe, Dodge transformés en engins blindés, half-tracks – et aux armes lourdes. Côté nord, le camp prenait appui sur un piton rocheux, au sommet duquel, sur un méplat d'un demi-hectare, étaient installées les tentes de commandement. Aux quatre coins du camp, il y avait des miradors. Sitôt arrivé, Albin, sous la conduite d'un jeune supplétif aux yeux de gazelle, escalada le sentier escarpé qui menait au sommet de l'éperon, et se présenta au colonel Harispe qui assurait le commandement du camp. C'était un baroudeur, qui avait gravi les échelons en Indochine. Il appelait les Algériens, « les Viets ». Il regarda Albin avec surprise. « C'est étrange, dit-il, à quel point... » mais il n'acheva pas sa phrase, et se reprenant : « Allez vous présenter au lieutenant d'Arzacq, mon aide de camp. Il me demande tous les jours quelqu'un qui puisse le seconder : mettez-vous à ses ordres. » Cela dit, il tourna brusquement les talons. Le supplétif conduisit Albin près d'une grande tente camouflée, qui occupait tout un côté de l'éperon. Comme ils en approchaient, un lieutenant au crâne rasé en sortit, accompagné de deux sous-officiers, qui s'éloignèrent. « C'est lui. » Le supplétif salua et s'en fut. Albin se présenta. Le lieutenant le regardait d'un air moqueur. Il avait à peu près le même âge qu'Albin, il était un peu plus grand, plus athlétique, mais Albin fut surpris par leur ressemblance. Elle ne tenait pas à leurs traits. Elle était quelque chose d'imprécis, de vaporeux, qui paraissait flotter sur leurs visages, de même que, le matin, une brume légère flotte sur un lac, empêchant que l'on en distingue les contours, mais révélant que l'eau est proche. Albin était fils unique. Il s'était souvent demandé s'il aurait aimé ou non avoir un frère. « Le chef de corps m'a prié de me mettre à vos ordres, car j'aurai à travailler avec vous. » Le lieutenant le toisa des pieds à la tête et, d'un ton moqueur : « Il me semble, en effet, que nous sommes faits pour travailler ensemble. » Précédant Albin, il lui fit les honneurs de la grande tente qui servait à la fois de salle d'état-major et de salle à manger du colonel. Des officiers porteurs de nombreuses décorations, penchés sur une grande carte posée sur des tréteaux, piquetaient le terrain à l'aide de petits drapeaux. Le lieutenant expliqua d'une voix paresseuse. « Les bleus, c'est nous. Les rouges, c'est les rebelles. La Tunisie est par ici, Alger par là. Comme vous le voyez, nous sommes à peu près au centre de la région, et nous avons pour mission d'interdire le passage de tout élément rebelle venant de l'Est vers l'Algérois. » Des ventilateurs à larges palmes tournaient lentement, remuant l'air surchauffé. Dans un coin, un soldat à la carrure épaisse était penché sur un poste à galène d'où sortait un faible grésillement. Ils sortirent. Les officiers n'avaient fait aucune attention à Albin. Albin avait toujours pensé qu'il mépriserait, et peut-être même haïrait les militaires de carrière, à commencer par les officiers, or, à sa grande surprise, cette indifférence le blessa. Sitôt sorti, il demanda au lieutenant de quelle manière il pourrait la vaincre. « C'est très simple, dit le lieutenant. D'autres vous diraient d'accomplir des actions d'éclat, de vous porter constamment volontaire, de risquer votre peau. Moi, je vous dis : apprenez à saluer. Tout est là. » « Dévoilez-moi ces règles », dit

Albin. « Les voici. Vous devez le salut à tous les officiers d'un grade supérieur au vôtre, c'est-à-dire, dans votre cas, à tous les officiers sans exception, puisque vous portez le galon d'aspirant, le plus bas qui soit. Vous devez recevoir le salut de tous les militaires d'un rang inférieur au vôtre – soldats, caporaux, caporaux-chefs, sous-offs – et vous devez rendre ce salut. Mais attention ! Il y a plusieurs manières de donner et de rendre le salut, et c'est ce que vous devez avoir constamment en mémoire ! Vous devez saluer d'un geste sec les officiers généraux et tous les officiers supérieurs jusqu'au grade de colonel plein. Pour les lieutenants-colonels, chefs de bataillons, chefs d'escadrons et capitaines, le salut pourra être moins rigide. Pour les lieutenants et sous-lieutenants, il pourra être détendu. Le salut que vous devez échanger avec un aspirant n'est soumis à aucune règle particulière, puisque vous vous trouvez à grade égal. Affaire d'inspiration, d'affinités, de politesse. Au-dessous du grade d'aspirant, vous ne devez plus le salut, on vous le rend. Mais n'allez pas croire que les choses soient plus simples ! Il y a autant de nuances dans le salut rendu que dans le salut donné. Vous rendez le salut avec condescendance aux soldats, caporaux, caporaux-chefs. Cette condescendance devra se teinter de bienveillance dans le salut rendu aux sergents et sergents-chefs. Mais quand vous avez à rendre le salut aux adjudants et adjudants-chefs qui sont l'épine dorsale de l'armée, et dont certains, d'ailleurs, en fin de carrière, peuvent prétendre passer du galon de laine de sous-off au galon doré d'officier, votre salut doit être aussi rigide que celui que vous donneriez à un général. Gardez cela en mémoire, et vous n'aurez jamais aucun problème dans l'armée. » Deux soldats en treillis traversèrent, portant une longue perche à laquelle était pendu, par les pieds, un mouton dont le museau laissait échapper un filet de sang. Ils saluèrent gauchement. Albin porta mollement la main droite à hauteur de son œil, sans même se donner la peine de la raidir. « Absolument parfait », dit le lieutenant. Tout en bavardant, ils étaient arrivés à l'autre extrémité de l'éperon, où se trouvaient quelques tentes à deux places. « Je suis seul pour l'instant, dit le lieutenant, vous pourrez vous installer dans ma tente. » Albin alla chercher sa cantine, déplia un lit de camp, alla retrouver le lieutenant dans la grande tente, lut des rapports. À dix-neuf heures, le clairon sonna, on sortit. Le colonel se tenait à l'entrée de la tente. « Messieurs, bonsoir. » La plupart des officiers et des sous-officiers regagnèrent le camp, sur le plateau. Le jeune supplétif arriva de l'endroit où était située la roulante. « Dîner à vingt heures, mon colonel ? » Le colonel montra, de la main, le lieutenant et Albin, qui attendaient. « Vous mettrez le couvert de ces messieurs. Ils dîneront avec moi. » Il rentra dans la tente. Albin et le lieutenant firent les cent pas en attendant qu'on les appelle. La nuit tomba brusquement. Il fit froid. Sur le plateau, en contrebas, les lumières du camp s'allumèrent. Le ciel se couvrit d'étoiles. La lune monta, rouge, un œil de sang.

bavardages

Le lieutenant parlait. « Oui, j'ai fait l'école d'application, puis j'ai été envoyé en Indochine. Quand je suis arrivé, ça finissait. J'ai vu les Viets arriver de l'autre côté du pont Paul-Doumer, avec leurs pyjamas noirs et leurs petits casques de bambou. J'avais l'impression qu'on me retournait la peau. Vous savez que ces gens-là attachent leurs prisonniers à un tronc d'arbre, et qu'il les écorchent, lamelle par lamelle, de la peau des joues à la peau des pieds. Quand ils ont atteint ce côté du pont, je me suis mis à crier. Le soir même, on m'a embarqué pour l'Algérie. Je m'y suis senti mal à l'aise, au début, et puis, peu à peu, j'ai appris à comprendre ce pays. Je m'y suis attaché. L'Arabe est un frère, un frère inférieur que nous devons aimer comme nous-mêmes. Il vit dans son monde, il a sa culture, ses traditions. Il est solide, sobre, fourbe, fier, dur à la souffrance, paresseux, silencieux, cruel, vindicatif. Il peut marcher vingt heures de suite sans manger. Il respecte celui qui sait se faire respecter, qui ne craint pas de se donner pour ce qu'il est. Depuis que je suis arrivé ici, j'ai recruté moi-même, et entraîné une cinquantaine de supplétifs. Ce jeune homme mince, aux yeux de gazelle, que vous avez sans doute remarqué, et qui sert d'ordonnance au colonel, Ahmed, est l'un d'eux. Ces gens-là se feraient tuer pour moi. Vous pouvez sourire. Peut-être aurez-vous l'occasion de voir que je dis vrai. Je ne le souhaite pas, mais c'est la guerre. Personne ne peut dire ce qui peut arriver. » Le supplétif vint les appeler. Ils pénétrèrent dans la tente. On avait dressé le couvert sur une table à jeux, débarrassée de ses dossiers. Le colonel leur fit signe de s'asseoir. Le lieutenant s'assit à sa droite, Albin à sa gauche. « J'ai l'impression d'être avec mes deux fils », dit l'officier. Il laissa entendre à Albin que son propre fils avait été tué en Indochine. Une balle en plein front, pendant un assaut. « L'ennui n'est pas la mort, mais la mort inutile », dit le lieutenant. Il jeta à Albin un regard provocant. Le colonel but un plein verre de whisky. « Que disent nos lascars ? » « Rien, mon colonel, mais je reprends l'interrogatoire tout à l'heure. Cette fois-ci, j'emploierai les moyens qu'il faudra. » Le supplétif les servait, silencieusement. Albin comprit qu'on avait fait trois ou quatre prisonniers et que ceux-ci refusaient d'indiquer où se cachait le groupement rebelle auquel ils appartenaient. On mangea des tomates farcies, puis du bœuf. Le lieutenant avait bon appétit. Albin repoussa son assiette. « Je ne puis accepter la torture », dit-il. Le lieutenant parla la bouche pleine. « Vous arrivez de France, vous ne savez même pas de quoi vous parlez. Mangez et allez dormir. » « C'est une opinion dont je ne changerai pas. » « Voilà ce qu'ont fait les gens que je ferai parler », dit le lieutenant. Il sortit de sa poche revolver un jeu de photos, qu'il tendit à Albin. C'étaient des hommes égorgés. Les photos avaient été prises à hauteur des bustes. Les têtes étaient basculées en arrière. Les cous, tranchés d'une oreille à l'autre. Par les fentes béantes, qui faisaient ressembler ces gorges à des pastèques éclatées, sortaient des grappes hideuses de tendons, muscles, chair, sang coagulé. On a tout cela dans la gorge ? Albin sentit la bile monter à ses lèvres. « Les trois prisonniers font partie d'un groupe rebelle qui a égorgé vingt-sept paysans dans une mechta, à une heure de marche d'ici », dit le lieutenant. Il avait gardé à la main quelques photos. « Je ne vous montre pas ces dernières photos pour que vous ne vomissiez pas sur la table. Les couilles coupées et enfoncées dans la bouche. Qu'est-ce que vous diriez si l'un des garçons qui sont arrivés de France avec vous tombait entre les mains de ces gens-là ? Et si c'était vous ? Vous avez une mère ? Vous croyez qu'elle vous trouverait joli, comme ça ? » Albin rendit les photos. Café. Liqueurs. Le lieutenant regarda sa montre. « Bon, j'y vais. » Il se leva, salua le colonel, fit un signe de tête à Albin, sortit. Albin tenait un verre de cognac dans la main gauche. Il s'aperçut que son avant-bras tremblait, mais il eut peine à maîtriser ce tremblement. « Je ne trouve rien à répondre », dit-il. « La guerre est une saloperie, dit le colonel. Je n'ai qu'un désir : prendre ma retraite le plus tôt possible, et me retrouver dans le quartier de l'École militaire, avec une petite bonne vietnamienne, qui viendra me sucer la queue, le samedi soir. Vous n'avez pas connu le Bar du Serpent, à Saigon ? Vous avez encore beaucoup à apprendre. » Il fit signe à Albin qu'il désirait rester seul. Albin sortit dans la nuit.

Saigon

Le Bar du Serpent, à Saigon, en ces jours jaunes...
Il faut vous dire que j'y ai vu des prostituées de
douze ans. Dans l'arrière-salle, il y avait une sorte de
petit théâtre, où j'ai vu, de mes yeux, des femmes se
faire niquer par des chiens. D'autres étaient exposées
aux hommes qui se trouvaient là, pour la plupart des
militaires, enfermées dans des cages où elles cohabi-
taient, le temps d'une soirée, avec des serpents. Elles
laissaient les serpents se lover contre elles, d'abord,
puis, petit à petit, elles-mêmes se lovaient contre eux,
et lorsque l'excitation les avait prises, sous les encouragements des hommes qui regardaient, leur criant
des insultes et glissant des billets de cent piastres
entre les barreaux, elles commençaient à exciter les
serpents, approchant la tête écaillée de leur propre
tête, se frottant le bas du ventre au corps infâme,
qu'elles étreignaient de leurs cuisses, se limant
l'entre-jambes, vigoureusement, comme elles
devaient se limer entre elles, femme à femme, enrou-
lées en nœud de vipères, dans la soupente, derrière
le rideau. Les plus audacieuses, lorsqu'elles avaient
réussi à tirer le serpent de sa torpeur, continuaient à

179

se jouer de lui quoiqu'il essayât maintenant, par de brusques mouvements, de les saisir. Vous savez peut-être comment sont faits les reptiles, jeune homme ? Ils ont, aux trois quarts de leur longueur, une ouverture, de couleur nacrée, de forme oblongue, qui bâille au moment des amours, libérant un sexe en tout point semblable au sexe de l'homme. Le serpent cherchait à placer cette ouverture à portée du sexe de la femme, qui ne cessait de lui échapper, et c'était une chose curieuse que de le regarder manquer son coup, reprendre ses forces en se repliant sur lui-même, et puis revenir à la charge tout comme l'aurait fait un homme. Certains de ceux qui riaient, à considérer ce manège, riaient jaune, c'est le cas de le dire, parce qu'ils savaient bien qu'un peu plus tard, lorsqu'ils auraient une femme dans leur lit, celle-ci ou une autre, la même comédie recommencerait. Elle leur ferait tirer la langue, comme elle faisait tirer la langue au serpent plein de colère, le bas de la tête gonflé à éclater, les yeux venimeux, sortant de sa gueule grande ouverte une langue noire, mince et fourchue qui frétillait et qu'il agitait en direction des yeux de la femme. Celle-ci avait fini par s'asseoir en tailleur, le corps reposant sur ses grosses fesses, le sexe enfoui, ne laissant même plus au serpent l'illusion qu'il pourrait l'atteindre. Elle tenait durement, de son poing fermé, le cou du reptile au ras de la tête. Elle riait. Elle s'amusait à ouvrir la bouche de toutes ses forces, imitant par jeu les mâchoires distendues par la rage du serpent, elle laissait approcher, centimètre par centimètre, la langue frémissante et noire de l'orifice béant et rose de ses lèvres, que la langue effleurait, mais ne touchait pas. Il m'arriva de me lier avec l'une de ces femmes, alors que la guerre était perdue. C'était une Nia-quê, au teint verdâtre et aux yeux jaunes. Je n'avais jamais vu des yeux pareils. Dans son lit, j'étais exactement comme le serpent. Elle se lovait contre moi, de tout son corps, mais elle ne me permettait pas de la prendre. Je peux dire qu'elle m'a fait tirer la langue ! Saigon se vidait, ça sentait la fin. Les navires embarquaient tout ce qu'il était possible d'embarquer, les rues étaient remplies de soldats ivres, le canon tonnait de tous les côtés à la fois, un nuage de fumée pesait sur la ville comme un souvenir dont on ne réussit pas à se débarrasser. On attendait l'arrivée des irréguliers d'un moment à l'autre. Une heure avant qu'ils ne pénètrent dans la ville, j'ai eu l'occasion de filer, en hélicoptère, j'ai dit à cette femme : « Si tu veux foutre le camp, c'est le moment. » Elle m'a répondu : « Qu'est-ce que tu veux que je fasse, en dehors d'ici ? Je m'ennuierais, sans ma cage. »

le cri

Albin sort dans la nuit. Il va jusqu'à l'extrême bord de l'éperon. Il regarde le camp dont les lumières semblent aussi proches que les étoiles. Tout est calme. On n'entend absolument aucun bruit. Peut-être a-t-il rêvé. Peut-être n'y a-t-il jamais eu de guerre. Peut-être n'a-t-il pas quitté l'école du village. C'est la fin du printemps. L'été approche. L'après-midi a été excessivement chaud. Il s'est assoupi sur la chaire, la tête dans ses mains, pendant que les enfants font leur rédaction, comme cela lui est déjà arrivé deux ou trois fois. Il va se réveiller, passer dans les rangs, ramasser les cahiers, donner le signal de la récréation. Il le fait. Il passe entre les rangs, il ramasse les cahiers, il revient près de la chaire, il pose les cahiers en tas devant lui, il frappe dans ses mains, il donne le signal de la récréation. Les enfants se précipitent dehors en criant. Ils crient, ils crient de toutes leurs forces. Albin tressaille. Il est en Algérie. Il est debout sur le bord extrême de l'éperon. Il a failli perdre l'équilibre. Est-ce qu'on n'a pas crié ? Il attend, une, deux, trois secondes, les sens en éveil. Le cri, de nouveau. C'est un cri déchirant. Un cri d'hyène. Un cri de bête qu'on égorge. La torture. Albin fait demi-tour, passe devant la tente, dégringole en courant le sentier escarpé qui conduit au camp. À l'instant où il va pénétrer dans le camp, haletant, il se heurte à une barrière de bois, que l'on a abattue en travers du sentier, et non loin de laquelle se trouve un soldat, armé d'un mousqueton, qui accourt. « Laissez-moi passer. » « Mais... mon lieutenant, c'est interdit. L'heure du couvre-feu est passée. Personne n'a le droit d'entrer dans le camp. » « Je suis un officier. Je travaille là-haut. » Albin ne distingue pas les traits du soldat, dont le visage est noyé dans l'ombre du casque. Il peut deviner que le soldat sourit. Le son de sa voix garde trace de ce sourire. « Je suis au regret, mon lieutenant. Il n'y a aucune exception pour les officiers d'état-major. » On entend le cri, pour la troi-sième fois, rauque, affaibli. Albin recule, pour tenter de mieux distinguer les traits du soldat. « Qui crie ? On torture quelqu'un. Le lieutenant d'Arzacq... » La voix du soldat devient sévère. « Mon lieutenant, je suis de garde, j'ai ordre de ne laisser pénétrer per-sonne dans le camp après qu'a sonné le couvre-feu. Je dois vous prier de vous retirer. » Albin sent la colère monter en lui, la haine peut-être. « Et moi, je vous donne l'ordre de me laisser passer, vous enten-dez ? » Il essaie de passer par-dessus la barrière. Le soldat le repousse. Albin agrippe le soldat par les manches de sa chemise et tente de l'écarter. Il y a un bruit de pas. Quelques hommes surviennent. L'un d'eux tient une torche qu'il projette dans le visage d'Albin, puis dans le visage du soldat qui lâche prise. « Qu'est-ce qui arrive ? » « Un aspirant essaie de pas-

ser, mon lieutenant. » « J'essaie de passer, et je passe-
rai », dit Albin. « Tu peux disposer », dit l'officier. Le
soldat s'éloigne. L'officier approche. Il est nu-tête.
C'est un Eurasien, court et massif. « D'où sortez-
vous ? » « Je suis sursitaire. Je suis arrivé ici ce matin,
je travaille avec le lieutenant d'Arzacq, je viens de
dîner avec lui, je veux le rejoindre. » « Il vous en a
donné l'ordre ? » « Non. » L'officier porte la main à
son côté et tire, de sa ceinture, un Colt dont le canon
mesure dix centimètres. Albin entend le cliquetis que
fait le chien quand on le rabat en arrière. L'officier
élève l'arme à la hauteur du front d'Albin. « Foutez le
camp, où je vous fais sauter la cervelle. » Albin porte
la main devant sa bouche. L'officier avance la main
qui tient le Colt. Albin recule. L'officier avance la
main, l'extrémité du canon du Colt effleure le front
d'Albin, le lieutenant d'Arzacq sort de la nuit. Il tend
la main droite et abaisse le canon de l'arme. « J'ai
fini, N'guyen. Je vous laisse faire le reste. Quant à
moi, je vais remonter avec monsieur. » Il se baisse,
passe souplement sous la barrière, prend Albin par
le coude, ils remontent vers le sommet de l'escarpement.

la corvée

Ils remontent sur l'escarpement sans mot dire, ils se tiennent sur le bord du ravin où Albin se tenait quelques instants auparavant. Albin attend que son cœur se soit apaisé, que son esprit ait repris son calme. Le lieutenant s'est écarté de deux ou trois pas. Il penche la tête, il a mis les mains dans ses poches, il parle d'une voix brève et passionnée. « On ne va pas parler de tout ça pendant mille ans. S'il arrivait qu'on vous retrouve un jour égorgé, et les couilles enfoncées dans la bouche, je ferais tout pour mettre la main sur les coupables. Et quand je dis tout, je dis bien : tout. » Il tourne le dos à Albin et rentre dans la tente. Albin enfonce lui aussi les mains dans ses poches, il donne des coups de pied dans la terre. On entend un cri, peut-être un ordre, il y a un bruit de galopade, puis trois ou quatre rafales de mitraillette. Puis, après quelques secondes de silence, trois coups de feu, parfaitement distincts. Puis, plus rien. Albin entre dans la tente, où le lieutenant, qui s'est couché, et qui lit un illustré à la lumière d'une petite lampe fonctionnant au gaz butane, le regarde faire sans mot dire, prend son sac de couchage sur le

191

lit de camp et s'installe tant bien que mal à la belle étoile. La torture, la corvée de bois, le coup de grâce. Il est étrange de penser que ceux qui viennent d'être ainsi mis à mort sont nés quelque part par là, dans la montagne, alors que ceux qui les ont tués sont nés à des milliers de kilomètres de là, de l'autre côté de la mer. Cependant, ceux qui, venus de si loin, tuent ceux qui sont nés là, agissent mus par le sentiment de la justice. Le colonel H., le lieutenant d'A., le sous-officier N. ont conscience d'agir justement, sinon ils ne feraient pas ce qu'ils font. Y a-t-il un cancer, dans la justice ? Beau sujet de dissertation. « Par une chaude journée d'été, en Algérie... » On entend, très loin, un aboiement si faible, si léger, qu'on dirait un rire d'enfant. Puis, soudain, tout près, comme un écho inversé de ce rire, un concert de rires horribles, inhumains. Des hyènes ? Dans le ciel, plus sombres que la nuit, apparaissent de grands oiseaux qui planent, le cou tendu, les ailes déployées, formant des cercles. Albin ne peut pas arriver à s'endormir. Il regarde le ciel dériver lentement, d'est en ouest, entraînant avec lui des millions d'étoiles. Derrière ces millions d'étoiles sont des millions d'autres étoiles qu'on ne voit pas, et derrière ces millions d'étoiles invisibles, des étendues sans fin de mondes morts. Albin essaie d'imaginer ces mondes morts, puis, longtemps après que les rires se sont tus et que les oiseaux ont disparu, il voit la nuit visible s'effacer, le levant pâlir, devenir violet, devenir rouge, devenir rose, devenir blanc.

Le clairon sonne.

hypothèse

À supposer que les hommes aient une âme et que, la nuit venue, les mots qu'ils prononcèrent demeurent accrochés à cette âme comme un vieux vêtement aux épaules d'un mendiant, on peut conjecturer que les astres existant au-delà des ciels connus de nous sont faits de ces mots, dont il faudrait admettre, sinon, hypothèse absurde, qu'ils ont été anéantis. Le soldat en campagne est un lecteur de science-fiction. La nuit, dans la tranchée, une lampe de poche à la main, la tête sous l'épaisse couverture de fibranne, il se passionne pour les aventures des morts vivants, des martiens, des mutants, des robots, des humanoïdes. Il aimerait troquer son mousqueton contre un laser, sa grenade offensive modèle 39, bourrée d'une grenaille hétérogène, contre le rayon de la mort. Le caporal Tringlot, de la 3e Compagnie, du 17e Bataillon, du 167e R.P.I.M.A., échangerait collection complète de *Fortes poitrines*, état neuf, contre quatre ou cinq exemplaires de *Métal hurlant,* d'*Amazing Stories* ou de *Space Opera*, même usagés.

Les mots ne meurent pas. La raison nous invite à croire, au contraire, qu'une fois énoncés les mots dits par les hommes gagnent paisiblement ces rivages lointains, portés par les ondes corpusculaires qui, au-delà de l'air, ne rencontrant plus de résistance, s'étendent en cercles concentriques dans l'espace-temps courbe comme la main. Les mots, alors, continuent de dériver dans le vide, provoquant ces fragances bleuâtres qui sont parfois captées par les radars.

Au cours de ces dérives, il arrive que les mots se rencontrent, s'attirent, s'agglomèrent, formant des amas d'astres qui, les siècles passant, s'agglomèrent eux-mêmes en galaxies. Certaines galaxies sont finalement faites de mots d'amour, d'autres de paroles inutiles, d'autres de mots prononcés dans les guerres – discours des chefs, serments des officiers, sottises des soldats, ordres, contrordres, proclamations, appels, rodomontades, insultes, jurons, gémissements, récits interminables, vrais ou faux. S'il y a par hasard, au-delà du néant, encore d'autres mondes, on peut imaginer la surprise de ceux qui les habitent lorsque, le jour venu, ils verront apparaître, aux confins de leur ciel, ces blocs énormes de paroles qui se dirigeront sur eux.

la décision

On servait le café à sept heures dans la grande tente, à huit heures avait lieu le briefing. Albin prit son café à l'écart, rédigea quelques lignes sur une page de carnet qu'il plia soigneusement et mit dans sa poche. À huit heures précises, les officiers firent cercle autour de la carte. Le colonel fit le point de la situation. Ayant achevé, il donna la parole au lieutenant. Celui-ci exposa que les rebelles faits prisonniers l'avant-veille avaient parlé. Ils avaient reconnu être membres d'un élément mobile, fort d'une cinquantaine d'hommes, qui s'était rendu coupable des égorgements faits à la mechta Adrar. D'après les renseignements obtenus, ce groupement, ayant renoncé à forcer le passage des défilés qui conduisaient à l'Algérois, s'était retiré en direction de l'est. Après que les prisonniers eurent parlé, on leur avait donné de la nourriture et on les avait laissés s'assoupir, mais ils avaient tenté de mettre à profit le couvre-feu pour s'évader, et ils avaient été surpris par une patrouille qui, après sommation, les avait abattus. Pas de questions ? Albin voulut parler, mais sa gorge était sèche comme de l'étoupe, elle refusa d'émettre un son.

Le colonel félicita publiquement le lieutenant N'Guyen, ici présent, d'avoir intercepté les évadés. L'Eurasien s'inclina, d'un air modeste. Un sourire passa sur les lèvres du lieutenant d'Arzacq. Le colonel donna ses instructions pour la journée. Les officiers saluèrent et sortirent. Albin s'était fixé à lui-même un ultimatum. « Sitôt que le dernier officier sera parti, je remettrai ma lettre. » Le colonel raccompagna jusqu'à l'auvent ceux qui sortaient, puis revint vers le centre de la tente. Albin prit son courage à deux mains. « Les prisonniers ont été torturés et abattus. Je ne puis me trouver, si peu que ce soit, partie à ces crimes. Je renonce à mon grade d'aspirant, et demande à rentrer en métropole. » Il tendit la lettre qu'il venait d'écrire. Le colonel la prit du bout des doigts et la déchira sans la lire. « Je crois que vous faites erreur, mon petit. Ou vous restez des nôtres, et il ne sera gardé aucune trace de cet incident, ou vous vous trouvez en état de rébellion, et vous ne dépendez plus de moi, mais du tribunal militaire. Je vous donne une heure pour vous décider. D'Arzacq, vous me répondez de cet homme. » Le lieutenant invita Albin à le suivre et à se tenir dans la tente, devant laquelle il plaça deux supplétifs. Vers la fin de la matinée, il revint. « Alors ? » « Je n'ai pas changé d'idée », dit Albin. Il s'attendait vaguement à ce que le lieutenant entrât en conversation, discutât cette réponse. Rien de tel. « Je vous prie de m'excuser, dit le lieutenant, mais puisqu'il en est ainsi, je dois vous passer les menottes. Le garde vous apportera à manger. Je viendrai vous voir en fin d'après-midi. Essayez d'y voir clair. » Albin tendit ses poignets. Le lieutenant lui passa les menottes, puis, avant de sortir, posa la main sur l'épaule d'Albin et chercha à le regarder dans les yeux, mais Albin laissa fuir son regard.

les échecs

Albin passa la journée, menottes aux mains, dans la tente. La chaleur était extrême. Il eut très soif. Le supplétif lui apporta un bidon d'eau. Il but avidement. L'eau était tiède. Elle avait un goût de ferraille. En fin d'après-midi, le lieutenant se pointa. Il tenait à la main une petite boîte de bois verni. « Enlevez-moi les menottes quelques instants, lui dit Albin. Je crève. » « C'est ce que j'allais faire. » Albin tendit les poignets, le lieutenant sortit de sa poche une clé plate et le libéra de ses menottes. « Je devrai vous les remettre tout à l'heure. » Albin massa ses poignets sur lesquels les menottes avaient laissé une marque rouge, puis il enleva sa chemise et s'aspergea avec le peu d'eau qui restait dans le bidon. « Je m'excuse de faire cela devant vous. » Le lieutenant sourit. « Je vous en prie. Quand on est prisonnier, on a tendance à perdre sa dignité. Vous n'imaginez pas tout ce que l'on peut voir dès qu'on jette un coup d'œil dans un carré de barbelés. Toujours décidé à nous quitter ? » « Toujours. » « Vous êtes fou. » « Peut-être. » « Vous savez ce que c'est ? » « Non. » « C'est le soleil. Le soleil brûle la tête, par ici. On torture, on tue, on se tue soi-même. Si ces événements s'étaient passés ailleurs qu'en Algérie... » Il n'acheva pas sa phrase et alla relever les auvents de la tente. Un souffle d'air entra. Albin exécuta quelques mouvements de gymnastique. Le lieutenant s'assit sur le lit de camp. « Vous jouez aux échecs ? » « Un peu. » Albin avait été initié aux échecs par son père. La classe finie, ils s'asseyaient face à face sous la véranda, jouaient jusqu'à ce que la mère les appelât pour dîner. Elle venait rôder d'un air soupçonneux autour de la table. « Je ne sais pas comment vous pouvez vous intéresser à ça. » Le père haussait les épaules. Le lieutenant renversa devant lui la petite boîte qu'il tenait à la main, les pièces s'échappèrent, le dos de la boîte était un petit échiquier. Il disposa soigneusement les pièces sur les cases. « Je vous laisse les blancs. » Il fit tourner la boîte de façon que les blancs fussent en face d'Albin. Albin s'assit à son tour sur le lit. Pendant des années, son père lui avait laissé les blancs, lui donnant l'avantage du premier coup. Albin regretta d'avoir accepté cet avantage, et de n'avoir pas dit au lieutenant : « Tirons, pour savoir qui aura les blancs. » C'était trop tard. Il avait l'impression que la main de son père se posait sur sa cervelle, à travers les os de son crâne, l'entraînait des années en arrière, vers l'enfance. « Je vais perdre. » Il hésita un instant, laissant sa main suspendue au-dessus des pièces, et joua le premier coup. Le lieutenant répliqua aussitôt. Ils jouèrent les premiers coups très vite, puis le rythme du jeu ralentit, la partie s'équilibra. Albin avait choisi une ouverture difficile : le gambit de la dame, proposant le sacrifice d'une pièce – sacrifice qui cache un piège. « Je m'étonne que vous ayez tout ce temps à perdre avec moi », dit-il tandis que le lieutenant réfléchissait. « Pourquoi donc ? La journée a été extrêmement calme. Les rebelles se montrent prudents, en ce moment, et ne nous obligent presque plus à intervenir. Je n'ai eu aujourd'hui rien d'autre à faire qu'à préparer le convoi qui emmènera certains hommes au repos, et par lequel vous serez transféré à Alger. Le colonel m'a chargé d'en prendre la tête. Nous partirons demain à l'aube. J'aurai l'honneur de vous avoir pour compagnon et de vous remettre aux juges militaires. » Il prit un temps. « Vous n'avez pas l'air de vous douter de ce qu'est, à Alger, l'état d'esprit des juges militaires, et de ce que vous risquez. » « On ne me tuera pas », dit Albin. « On vous condamnera à des mois de prison, soit à Maison-Blanche, soit dans le Sud, et vous devriez savoir qu'on meurt beaucoup dans ces prisons. » « Jouez. » Le lieutenant avança la main pour saisir le fou, mais, au moment de jouer, il dit : « Vous avez raison, on crève de chaleur, ici. Moi aussi, je vais me mettre à l'aise. » Il enleva vivement sa chemise et tint de nouveau sa main suspendue au-dessus du fou. Albin se mit à rire. « Pourquoi riez-vous ? » demanda le lieutenant. « Je ris parce qu'on dit toujours que les intellectuels ont les mains fines et les travailleurs manuels, donc, je suppose, les soldats, les mains épaisses, alors que si l'on regarde mes mains, et si on les compare aux vôtres, on ne peut s'empêcher de remarquer que ce sont les miennes qui sont grandes et épaisses, et les vôtres qui sont minces et fines. » « C'est vrai. Nous nous ressemblons en beaucoup de choses, par le physique, sauf en ça. » Albin tendit la main et la plaça sous la paume de la main du lieutenant, qui laissa faire. Il portait une lourde chevalière d'or à l'annulaire. « Qu'est-ce que c'est que cette bague ? dit Albin. Elle m'a intrigué, tout à l'heure. » « Un bijou de famille, dit le lieutenant en élevant son poing fermé à la hauteur des yeux d'Albin. En tant qu'aîné, j'en ai hérité à la mort de mon père. Vous pouvez regarder, elle porte mes armes. » Les angles de la bague étaient vifs, mais le chaton était usé. Albin chercha à distinguer la figure qui y avait été tracée, mais ne le put. « On dirait quelque chose de courbe... Un serpent ?... » « Un arc. Ce sont des armes parlantes. » La partie reprit. Le lieutenant avait accepté le sacrifice du gambit, il s'était enlisé dans le jeu d'Albin. Il tenta un coup, à la désespérée, découvrant inconsidérément son roi. Albin eût pu faire échec immédiatement, mais il prit le temps de réfléchir pour s'assurer que c'était bien là le meilleur coup. « Vous jouez cette partie comme si votre vie en dépendait », dit le lieutenant. Albin leva les yeux sur lui. Il fut frappé par le sourire méprisant de l'officier, et se trouva gêné à la pensée qu'ils étaient assis tous les deux, demi-nus, sur le lit de camp. « Je joue comme il me plaît », répliqua-t-il. « Espèce de salaud, vous avez pris le parti des Arabes », dit le lieutenant. Il se leva d'un mouvement brusque, balayant de la main les pièces et l'échiquier, et il se jeta sur Albin les poings en avant. La bagarre fut brève mais sans appel. Albin réussit à parer les premiers coups, mais il ne put éviter un crochet que lui décocha le lieutenant du poing qui portait la chevalière. La lourde bague creva la pommette d'Albin qui se retrouva par terre, k.-o. Il revint à lui quelques instants plus tard. Il était allongé sur le lit de camp. Le lieutenant était penché sur lui et lui humectait le front avec un linge. Le supplétif était là, lui aussi, accroupi, tenant entre les mains une bassine d'eau. « Il revient à lui. Faites-le manger, dit le lieutenant au supplétif, puis emmenez-le faire ses besoins. Quand il aura fini, venez me prévenir, que je lui remette les menottes. » Puis, se penchant sur Albin : « Je regrette de vous avoir frappé. Vous ne m'aviez pas dit que vous étiez faible comme une femme. » Il toucha, du bout des doigts, le front d'Albin, et sortit.

le convoi

Le convoi se mit en route dès l'aube. Il était composé d'une trentaine de véhicules, que précédaient trois lourds camions Dodge, armés d'une mitrailleuse et d'un canon sans recul. Albin fut invité à monter dans la voiture de commandement, immédiatement derrière les Dodge. Il avait été amené au lieutenant d'Arzacq menottes aux poignets, mais sitôt qu'il eut pris place à l'arrière de la jeep, le lieutenant lui fit ôter les menottes. Lui-même s'assit à côté du conducteur, un fusil mitrailleur posé en travers des genoux. Des soldats en armes, coiffés du casque lourd qui les faisait ressembler à des champignons, allaient et venaient le long de la colonne, attendant le signal du départ. Des femmes kabyles, venues d'une mechta avoisinante, vêtues de longues robes de toile grise, la tête couverte d'un châle, certaines voilées jusqu'aux yeux, se pressaient autour des véhicules, cherchant à vendre des galettes, des figues, de l'eau. Le lieutenant se tourna vers Albin. « Voulez-vous une arme ? » Albin eut envie de dire oui, mais, sentant que la question recelait un piège, il se contenta de répondre par une mimique dubitative. « Allons, dit le lieutenant avec un petit rire, je suis bon prince. Vous ne voulez pas savoir qui sont vos véritables ennemis, mais eux le savent. Une embuscade est toujours possible. » Haussant l'épaule pour faire remonter son ceinturon, il tira de l'étui qu'il portait au côté son propre revolver d'ordonnance, un vieux Manufrance à sept coups. « On nous a récemment dotés de pistolets automatiques, ajouta-t-il, mais j'ai préféré conserver ce vieil engin. C'est dans les vieux pots qu'on fait la bonne soupe, comme on dit. » Albin jugea la formule bizarrement utilisée, mais le moment n'était pas propice aux conversations sémantiques, il se garda de faire la moindre remarque, et prit l'arme qu'il posa entre ses cuisses. C'était un vieux revolver, à canon épais et court. Dans la crosse de bois, dure comme fer, guillochée et croisillée, on avait pratiqué des encoches. Albin aurait aimé savoir s'il s'agissait d'ornements purs et simples, de repères temporels (permissions obtenues, mois restant à courir) ou d'adversaires abattus. Il n'eut pas le loisir de le demander. Le lieutenant se pencha hors de la jeep et, levant le bras droit, lança un ordre. Les moteurs grondèrent, le convoi s'ébranla.

en route

Durant les trois premières heures, on parcourut près de cent kilomètres. Il faisait maintenant grand jour, mais on ne voyait toujours pas le soleil. Il demeurait caché sous un voile de brume qui recouvrait le tiers de la voûte céleste, comme un voile de soie recouvre le visage des musulmanes. Vers les dix heures, pareil à un œil énorme, il apparut. Tout fut blanc. L'air devint du feu. Albin sentit brûler ses poumons. Le convoi, rectiligne, roulait dans la poussière sans marquer un temps d'arrêt. Les hommes se taisaient, écrasés par la majesté du désert. À l'horizon, on devina des montagnes bleuâtres. Elles semblaient aussi improbables qu'un mirage. Le lieutenant se tourna vers Albin. Il dut crier à cause du grondement des moteurs. « Le djebel El'Djaär. Dans une heure, nous y serons. Un col, un défilé. Après, c'est la descente sur Alger. Nous devrions arriver avant la nuit. » Il avait enroulé autour de son cou une longue écharpe de laine blanche et ressemblait aux héros de *Trois de Saint-Cyr*. Le convoi roula jusqu'à midi. On fit halte en vue des montagnes. Elles avaient cessé d'être bleues. Elles étaient jaune, ocre, noir, marquées de longues traînées rouges. Par endroits, reflétant durement le soleil, elles semblaient faites de verre brisé. Les soldats avaient sauté des véhicules, ils se dégourdissaient les jambes, ils pissaient sur les pneus. Les servants des Dodge mettaient les mitrailleuses en batterie. Le lieutenant sortit de sous ses jambes une cassette métallique, dont il tira de longues bandes de balles qu'il passa autour de ses épaules. Albin alla pisser, puis reprit place à l'arrière de la jeep. Le convoi se reformait. Les conducteurs faisaient vrombir les moteurs. Albin eut soif. Le lieutenant lui passa sa gourde. Albin but. L'eau avait un arrière-goût d'éther. « Pourquoi ne me laissez-vous pas filer à l'entrée d'Alger ? demanda Albin. Vous n'auriez qu'à dire que j'ai réussi à m'enfuir. » « Parce que. » « Vous préférez me livrer, hein ? » « Ce n'est pas moi qui vous livre, c'est l'armée. » « Mais l'armée, pour l'instant, c'est vous seul. Je suis entièrement entre vos mains. » Albin pensait que sa réplique embarrasserait le lieutenant, mais celui-ci répondit immédiatement : « Eh bien, soit. Je vous livre parce que je vous ai accueilli comme un frère. Si je vous haïssais, je me foutrais bien de vos opinions, et je ne vous livrerais pas. » Il reprit la gourde des mains d'Albin et but à son tour. Albin nota qu'il ne nettoyait pas d'un bref coup de pouce le goulot, comme l'on fait d'ordinaire lorsqu'une bouteille, ou une gourde, passe d'une bouche à une autre. Le convoi repartit. On avança dans des nuages de poussière rouge. La route s'élevait. Les moteurs faisaient un bruit d'enfer. Brusquement, on se trouva entre deux murailles. « Prêts au tir ! » hurla le lieutenant dans le micro. Faisant un quart de tour sur lui-même, il s'adossa à l'épaule du chauffeur, qui s'était courbé sur son volant, et, posant les deux pieds sur le châssis de la jeep, se tint prêt à tirer, le fusil-mitrailleur coincé sur le ventre. Albin saisit le revolver, l'index plié sur la détente, et chercha à voir, mais ne vit rien. Les murailles de pierre étaient extrêmement rapprochées. Il pensa à sa vie, à sa mère, à la discussion qu'il avait eue. La vie lui parut absurde, sa mère perdue, la discussion imbécile, l'humanité un vain mot. S'il y avait embuscade, il défendrait sa peau, un point. Le convoi n'avançait plus qu'au pas, la jeep tressautait sur la pierraille, le conducteur poussa un juron, il y eut un bruit de tonnerre et le Dodge qui précédait la jeep stoppa brusquement. Albin fut projeté en avant. Il chercha à reprendre son équilibre, il y eut dans sa tête un instant de vide parfait, et la fusillade éclata.

l'embuscade

Ils avaient tendu le piège peu après l'entrée du défilé. Ils avaient descellé d'énormes blocs rocheux qu'ils précipitèrent sur les Dodge. Le convoi vint donner dans l'embuscade comme un homme qui court vient donner du front contre un mur. Il n'y eut ni pressentiment ni signal. Les Arabes tombèrent du ciel, sortirent des murailles, jaillirent du désert. Ils étaient vêtus de treillis verts, ils étaient chaussés de pataugas, ils étaient coiffés de passe-montagnes, ils étaient armés de Kalachnikov et de couteaux. Le combat dura à peine quelques minutes. Quand les nuages de poussière et les fumées de l'essence enflammée se dissipèrent, il n'y eut plus que des corps égorgés, des véhicules calcinés, l'odeur de la couenne brûlée. Le lieutenant était déjà sorti vivant d'une embuscade. Il connaissait le seul moyen d'en réchapper : fuir. Dès le premier instant, dans le tonnerre des rochers écrasant les Dodge, il se tourna, criant à Albin de le suivre. Albin ne comprit pas, il venait d'être blessé à l'épaule, il avait laissé tomber son revolver. L'agrippant par le col de sa veste, le lieutenant le tira brutalement hors de la jeep, et, le traînant sur le sol, réussit à le mettre à l'abri dans les grottes qui s'ouvraient à l'entrée du défilé. Il revint alors jeter un coup d'œil au-dehors. Des Dodge, il ne restait rien. Les autres véhicules flambaient. Les rebelles étaient descendus de la montagne, et, penchés sur les soldats blessés comme des moissonneurs sur un champ de blé, ils avaient commencé à égorger. Albin se mit sur le ventre et vomit. Le lieutenant revint auprès de lui. Albin l'interrogea des yeux. Le lieutenant posa l'index sur sa propre gorge et fit un geste expressif, en demi-cercle. « Si nous voulons nous en tirer, il faut nous enfoncer dans les grottes. » Albin le suivit, se tenant l'épaule.

la grotte

Journal d'Albin

J'écris ceci samedi, de retour au camp. Nous sommes restés dans la grotte quatre jours entiers : mardi, mercredi, jeudi, vendredi, plus la soirée de l'embuscade, le lundi. Grâce à la faible lueur, mais lueur tout de même, qui nous parvenait de l'extérieur (il ne faut pas que j'oublie de faire, dans quelques instants, une description sommaire de cette grotte !), nous n'avons pas perdu la notion du temps, le jour était le jour, la nuit la nuit, je vais donc tenter de faire le récit de ces quelques jours en les divisant, comme si je les avais passés hors de la grotte. En réalité, le sentiment du temps que j'ai eu à l'intérieur de la grotte a été différent (on le comprend aisément) de celui que j'aurais eu si j'étais resté au-dehors, et, pour le respecter, je devrais écrire d'un seul trait tout ce qui s'est passé (à vrai dire, peu de chose), mais il est plus simple, je crois, de procéder en suivant les divisions habituelles. Après tout, nous savons que les divisions régulières du temps auxquelles nous nous plions ne correspondent en rien au temps vécu : la vie elle-même est une grotte.

La grotte était d'une forme circulaire. Elle était longue de dix pas et avait, en son point le plus haut, la hauteur d'un homme. Elle n'était pas entièrement close : à l'opposé de l'ouverture principale se trouvait, dissimulée par une saillie de la paroi, une étroite fissure, qui ne pouvait constituer une seconde issue car elle donnait seulement sur une faille, ouverte au cœur de la montagne, à la manière d'un puits de mine, mais par où une faible lumière parvenait. Il y avait de l'air, on n'était pas dans le noir absolu, mais, durant les heures du jour, dans la pénombre. Le sol et les parois de la grotte, dont la partie supérieure affectait la forme d'une coupole à peu près régulière, à l'image de certaines demeures musulmanes, étaient pourpres. Coupole et parois étaient d'une matière sèche mais friable, ce qui fait que le sol de la grotte était constitué d'une myriade de grains de poussière qui, au fil du temps, s'étaient détachés d'elle sous leur propre poids, et offraient aux pieds nus, ou au corps recherchant le sommeil, la douceur d'un tapis oriental. Je l'avoue : le premier moment de surprise passé, j'ai aimé la grotte. Le sol avait réellement la douceur de la laine, du velours, du moelleux sporran qui tapisse, dit-on, l'intérieur des organes féminins. L'air était perpétuellement tiède. La pénombre était un divan pour les yeux. Lorsque la nuit venait, la pénombre cédait à l'ombre si doucement que le sommeil paraissait venir avec elle. Je n'ai jamais si bien dormi.

Le lieutenant s'enfonça dans les souterrains. Je le suivis sans même savoir ce que je faisais. Mon épaule brûlait comme si elle avait été touchée par un fer rouge. Je sentais l'odeur de cramé de ma propre chair. Je me voyais souffrir. J'éprouvais de la compassion pour mon sort, je pleurais sur ma solitude. J'aurais voulu que ma mère fût là, qu'elle me prît dans ses bras. N'abandonnez pas les soldats à eux-mêmes ! Le tête-à-tête avec la douleur est inhumain. Les mères devraient suivre les armées. On les habillerait de couleurs vives, on les installerait dans de petites voitures, qui seraient tirées par des poneys. Elles se tiendraient debout dans ces carrioles, la douleur tordrait leurs bras blancs. Sitôt qu'un soldat entrerait en agonie, la mère descendrait, le prendrait dans ses bras, chanterait sa berceuse préférée jusqu'à ce qu'il rende l'âme. Ce chant mélancolique s'élèverait au-dessus du champ de bataille comme le canard sauvage, aux plumes vernies, s'élève au-dessus des marais. Je cessai de marcher, j'appuyai mon front contre la muraille : « Je voudrais crever à l'instant même. » Le lieutenant est revenu sur ses pas, il m'a dit quelques mots, il m'a obligé à repartir. Il avait tiré de sa poche une lampe électrique dont il éclairait parfois les corridors confus où nous continuions à nous enfoncer. Par moments, le canon du fusil-mitrailleur qu'il portait en bandoulière heurtait ces parois. C'est le seul bruit dont je me souvienne. Nous marchâmes ainsi une trentaine de minutes qui me parurent une éternité. Il s'arrêta enfin et dit : « Ici. »

La torche éclaira les parois rouge sombre et la coupole de la grotte. Sur l'instant, je trouvai le lieu horrible et petit. Un tombeau. Je sombrai.

Mardi

Du mardi, je ne me souviens presque pas. J'ai somnolé. J'ai déliré. Je mourais de soif. Il m'a donné à boire autant que j'ai voulu, car il a découvert à proximité de la grotte une muraille où l'eau d'une source suintait. J'ai bu à sa gourde, il a humecté mes lèvres, il a posé un linge humide sur mon front. Vers le soir, il m'a dit : « Maintenant, vous allez montrer si vous êtes un homme ou une femme. » Il a déchiré le haut de ma veste, dénudé ma blessure, et sortant de sa guêtre un couteau de commando, il a, de la pointe de la lame, écarté les lèvres de la plaie, puis, fouillant à l'intérieur, isolé et extrait la balle. Est sortie avec elle une giclée de pus blanchâtre et odorant. Il a soigneusement nettoyé les lèvres, les a recouvertes d'un pansement individuel, de gaze fine. J'ai éprouvé une sensation de soulagement indicible, et je me suis endormi.

Mercredi

Le mercredi, je me suis éveillé, frais comme l'œil. Il revenait de voir ce qui se passait à l'extérieur, il s'est assis près de moi, l'air préoccupé, et il m'a dit : « Il est resté quatre ou cinq hommes qui continuent de fouiller la montagne. Je crois que nous devrions rester cachés ici jusqu'à ce qu'ils aient abandonné les recherches. Alors nous sortirons et nous ferons signe aux hélicoptères. » « Combien de temps croyez-vous que cela puisse durer ? » « Je ne sais pas... Cinq ou six jours peut-être... » Il devait être midi. La pénombre était légère. Le pourpre des parois, par endroits, semblait rose. Je m'étirai. Mon bras ne me faisait plus mal. Je me trouvai en état de bien-être. « Vous m'avez guéri. Que devrais-je vous dire ? » Il haussa les épaules. « Vous savez que nous n'avons rien à manger ? » À peine eut-il prononcé ces mots que j'éprouvai la morsure cruelle de la faim. « Que comptez-vous faire ? » « Trouver quelque chose... Un animal... » Le couteau à la main, il sortit de la grotte. Il revint peu après, tenant par la queue, la tête en bas, une sorte de lézard, long et à peu près gros comme l'avant-bras, qui gigotait. « Vous n'avez tout de même pas l'intention de manger ça ? » « Où est le mal ? » Il me fit passer l'animal sous le nez. Je reculai. Le lézard avait le dos vert-jaune et le ventre blanc (à l'exception des tétines, au nombre de six ou de huit, d'un rose soutenu, qui, semblables à ces pics enneigés que l'on aperçoit, dit-on, au cours d'un voyage aérien, perçant la mer de nuages, pointaient hors de cette étendue blanchâtre). Il avait quatre pattes, disposées symétriquement de part et d'autre du corps, plutôt vers le centre que vers les extrémités, et que terminaient de larges griffes. Le lieutenant tint sa tête étroitement serrée dans sa main gauche et, de sa main droite, qui tenait le couteau, avec le mouvement très simple que l'on a lorsqu'on aiguise un crayon, il décapita le lézard. La tête tomba. Le corps s'agita furieusement. Un liquide peu fluide, mais peu épais, à peine rosé, qui aurait pu être de la gélatine, sortit par saccades du cou tranché. « Je l'ai eu ! » Le lieutenant s'accroupit le plus loin de moi qu'il lui fut possible, me tournant le dos, et procéda à un certain nombre d'opérations que je ne pus voir. Il me dit par la suite que ces lézards possèdent, sur leur face interne, à hauteur du cou, une poche oblongue longue comme le petit doigt chez certains, comme le gros orteil chez d'autres, qui contient un liquide verdâtre, tirant sur le noir, semblable au liquide que contient la *pokka intima* des serpents, et dont les Orientaux sont friands. Ce liquide a le goût, à peu de chose près, de l'encre des calamars, dont ma mère raffolait. « Plus elle est noire, plus je l'aime », disait-elle. Il me présenta le plat, disposé dans un couvercle de gamelle. Je me laissai tenter, puis séduire.

Jeudi

Le jeudi se passa en bavardages. Nous parlâmes de tout et de rien. Je n'arrivais pas à comprendre pourquoi il m'avait arraché à l'embuscade. Il n'en savait trop rien, il avait agi par réflexe. « N'eût-il pas mieux valu me laisser mourir là, puisque je devais être puni ? » Il mit un certain temps à trouver la réponse. « Ce n'est pas l'ennemi qui doit vous punir, ce sont vos juges. » Nous jouâmes à un jeu qui consiste à placer trois petits objets en ligne droite, en jouant coup après coup, sur un carré où sont tracées

perpendiculaires et diagonales, que nous avions ins-
crit du doigt sur le sol. Nous fîmes à peu près jeu
égal et, au moment où nous recommencions une
partie, je lui dis que j'avais une seconde question à
lui poser. J'aurais voulu savoir pourquoi il s'était jeté
sur moi aux échecs. Mais il ne pouvait pas non plus
répondre à cette question. Il agissait suivant ses
impulsions et ne passait pas sa vie à s'interroger (je
m'efforce de reproduire fidèlement ses paroles).
Comme il tendait la main pour déplacer son pion, je
fus de nouveau frappé par la beauté de la lourde
chevalière qu'il portait à l'annulaire de la main
droite, et je lui demandai si je pouvais la passer. « Je
ne peux pas vous la faire essayer, pour la bonne raison que je ne peux pas l'enlever. C'est une bague
que je tiens de mon père. Il l'a passée à mon doigt
sur son lit de mort, alors que j'étais adolescent.
Depuis, mes mains ont forci et je suis toujours obligé
de la garder. » Il me tendit sa main que je pris et que
j'approchai de mes yeux. Je remarquai en effet que
les chairs s'étaient étroitement refermées autour de
l'anneau. « Il faudrait me couper le doigt pour me
l'ôter. » L'image évoquée en appela une autre dans
mon esprit. « Pourquoi les Arabes égorgent-ils leurs
ennemis, et comment les égorgent-ils : au rasoir ou
au couteau ? » « Dans les villes, au rasoir, mais, à la
guerre, au poignard courbe ou au couteau. Pourquoi ? Je n'en sais rien. » La nuit venue, alors que le
lieutenant s'était endormi, je remarquai que la
pénombre ne cédait pas. Me faisant aussi mince que
je pus, je réussis à franchir la fissure qui donnait dans
ce puits d'où la lumière parvenait. Juste au-dessus de

moi, dans un cercle de ciel, j'aperçus le croissant de lune. Il avait la forme d'une lame. Les Arabes saluent le croissant de lune, donc ils égorgent.

Vendredi

Nous avions décidé de veiller à tour de rôle. Le lieutenant dormait profondément et je montais la garde, assis, le fusil-mitrailleur posé sur les genoux, lorsqu'il y eut un bruit de pas. Avant même que j'aie pu me mettre debout, un groupe d'hommes pénétra dans la grotte et se jeta sur nous. Nous ne vîmes rien, d'abord, car ils étaient armés d'une torche puissante qu'ils nous projetèrent dans les yeux. Puis celui qui tenait la torche éclaira la coupole, et je vis la scène qui se jouait. Les hommes étaient sept. Deux d'entre eux, en quelques secondes, avaient attaché les bras et les jambes du lieutenant. Ils l'avaient obligé à se mettre debout et ils le maintenaient, lui serrant les coudes derrière le dos. Ils l'avaient déjà frappé en se saisissant de lui, car lorsqu'il me regarda, je vis qu'il avait l'œil gauche et la bouche ensanglantés. Il ne dit pas un mot. Son regard me troua le cœur. Deux hommes me maintenaient sans trop de peine. Je tremblais. Deux autres, enfin, se tenaient au centre du groupe que nous formions, et un septième, un peu en arrière, tenait la torche. L'un de ceux qui se trouvaient au centre était un homme de haute stature. Alors que tous les autres étaient en uniforme vert, il portait une longue djellaba de couleur grise et était coiffé d'un haut turban de laine

234

blanche, dont un pan retombait sur le côté. Évidemment, c'était le chef. L'homme qui se tenait à côté de lui, et que je vis d'abord de dos, était un homme mince, peut-être un adolescent. Le chef montra du doigt le lieutenant : « C'est bien lui ? » « Oui, c'est lui », dit le jeune homme, qui fit un pas et me montra du doigt : « Et celui-ci est celui qui a pris parti pour nous. » Il me sourit. Je reconnus le jeune supplétif. L'homme qui commandait se tourna alors vers moi. Je l'avais pris pour un homme dans la force de l'âge, tellement il paraissait fort, et se tenait droit, mais je fus surpris de voir qu'il était au seuil de la vieillesse. Il avait le visage des Kabyles, le front haut, le nez busqué, les traits ravinés. Ses yeux étaient absolument verts. Il parla avec un fort accent. « Tu attendras ici une heure, puis tu pourras t'en aller librement. » J'allais répondre pour le supplier de rendre aussi la liberté au lieutenant mais, sur un signe que fit cet homme, tous quittèrent brusquement la grotte. Je cessai de trembler. J'attendis ce qui me parut durer une heure, puis je sortis de la montagne, et me mis en marche vers l'est. Le soleil se levait. Vers le milieu de la matinée j'aperçus un hélicoptère, qui me vit.

Samedi

Les conteurs arabes disent que le destin est un chameau aveugle qui erre autour des campements. L'hélicoptère me déposa sur la piste de fortune. Je passai la journée à dire et redire aux officiers de renseignements ce qui s'était passé. On décida de tout mettre en œuvre pour retrouver le lieutenant, vivant ou mort. Le colonel m'ordonna de reprendre les arrêts jusqu'à ce qu'il soit de nouveau possible d'organiser mon transfert à Alger. Mais, sans rien renier de ce que je pensais, et de ce que j'avais dit sur la torture, je demandai à participer aux recherches. Il l'accepta. Dès demain, deux colonnes se formeront. L'une aura pour mission de fouiller, dans ses moindres recoins, le massif montagneux et la grotte. L'autre se dirigera vers le sud. Je suis affecté à la première. J'ai passé une partie de la nuit à écrire ce qui, pour l'instant, s'achève ici.

la poursuite

La poursuite dura dix jours de suite. On passa la montagne au peigne fin. On s'entassait à l'aube dans les Dodge, on crapahutait dans la caillasse jusqu'au soir. Rien. Les rebelles semblaient s'être évanouis. Le quatrième jour, on trouva un troupeau de moutons. On leur cassa la tête à coups de crosse. Le lendemain, au débouché d'un défilé, des chiens aboyèrent. On découvrit une mechta de terre séchée. Pas d'hommes. Quelques femmes, un vieillard, des enfants, qui furent passés à l'arme blanche. On éventra les outres en peau de chèvre, les sacs qui contenaient la farine et le sel, on mit le feu. On repassa par là, le soir. Les corps, entassés dans des poses qui défiaient le bon sens, avaient gonflé. Ils étaient entièrement recouverts de mouches. L'air puait. On traversa en se bouchant le nez. La puanteur stagnait sur une centaine de mètres. Il fallut bien respirer deux ou trois fois. Albin eut l'impression que l'odeur de la mort le pénétrait, qu'il allait par elle devenir charogne. Un soldat, qui s'était légèrement blessé à la main, et dont le pansement individuel s'était imbibé de sang, fut pris dans un tourbillon de mouches.

Albin n'en pouvait plus de marcher. Les jambes lui rentraient dans le ventre. Dans le Dodge qui le ramenait au camp, le dixième soir, il sut qu'il ne pourrait pas faire un pas de plus. Il allait demander à reprendre les arrêts en attendant d'être livré à la justice militaire. Arriverait ce qui arriverait. Abruti de fatigue, à demi assoupi entre deux camarades tassés sur les étroites banquettes du Dodge qui cahotait sur la piste de tôle ondulée, il imaginait sa comparution. Les juges militaires ne seraient pas portés à l'indulgence. Ce n'étaient pas des juges ordinaires. C'étaient des magistrats spécialisés, qui avaient fait carrière aux colonies, craignaient comme la peste d'être renvoyés en métropole, et jugeaient d'une manière expéditive, affalés sur des fauteuils de rotin. Ils ne siégeaient pas dans les palais de justice, mais dans des villas mystérieuses, cachées à la périphérie d'Alger, protégées par la police, enfouies au fin fond de grands parcs plantés d'eucalyptus, sous l'amoncellement des tamaris, des lauriers-roses, des bougainvillées. Juste au-dessous de la salle d'audience, au plancher renforcé et insonorisé, étaient les pièces étroites où l'on procédait aux interrogatoires « spéciaux ». Des corridors coudés conduisaient aux cachots où, après jugement, les condamnés faisaient un séjour plus ou moins long, avant d'être dispersés dans les prisons où ils accompliraient définitivement leur peine, et les juges veillaient à ce que, dans ces cachots, les ennemis d'hier se trouvassent rassemblés. C'étaient des hommes habiles. Leur indulgence pouvait être plus cruelle que leur sévérité. Des imprudents, qui avaient inconsidérément aidé certaines factions de la rébellion, n'étaient condamnés qu'à une peine de principe, et on les retrouvait égorgés. Les juges militaires, au moment de rendre le verdict, n'avaient même pas besoin de se concerter. Ils se contentaient d'échanger un coup d'œil. Déjà le président, un vague sourire sur les lèvres, commençait à rédiger l'arrêt, alors que l'assesseur, feignant de se pencher en avant pour consulter une dernière fois le code, taquinait de la main gauche le bouton du premier tiroir où, sous les chemises de papier bulle, une bouteille de cognac était cachée. La nuit approchait. La fraîcheur du soir avait réveillé Albin dont l'esprit roulait ces idées précises. Le camion franchit le poste de garde, s'immobilisa sur le terre-plein de terre battue qu'éclairaient des projecteurs. Le fusil à la main, les soldats, l'un après l'autre, sautèrent à terre. Albin s'apprêtant maladroitement à les imiter, le camarade qui venait de sauter avant lui lui tendit la main. C'était un Flamand, au faciès chevalin, à la peau rougie de coups de soleil, aux sourcils presque blancs. Il s'aperçut qu'Albin pleurait. Albin prit sa main et sauta. « Qu'est-ce qui t'arrive ? » demanda le soldat. « Je pense à ce qui m'attend », dit Albin. Il y eut un mouvement dans la foule des soldats qui étaient venus assister au retour du convoi, des appels, des cris. Le lieutenant d'origine vietnamienne se trouva devant Albin. Il avait l'air excité. « On a mis la main sur deux bougnoules. Le Vieux demande si vous pouvez venir les identifier. » Albin le suivit, ravalant ses larmes.

l'aveu

Je reconnus immédiatement les deux rebelles – l'homme de haute taille, l'adolescent, qui nous avaient surpris dans la grotte, qui m'avaient délivré, qui s'étaient emparés du lieutenant. Ils avaient, me dit-on, tenté de protéger le repli d'un fort élément adverse que le second groupe de chasse avait accroché dans le djebel. On les avait capturés, conduits au camp et, depuis le début de l'après-midi, on les interrogeait, vainement. Les officiers qui essayaient de les faire parler paraissaient aussi épuisés qu'eux. L'un d'entre eux avait enlevé sa chemise. Son torse ruisselait de sueur. Cette sueur était mêlée de sang : l'homme avait le visage marbré de coups, l'adolescent saignait du nez et de la bouche. « Ils prétendent ne rien savoir du lieutenant, me dit l'officier au visage brutal qui semblait diriger l'interrogatoire, mais je suis persuadé qu'ils nous mentent. Jusqu'ici nous avons utilisé la manière douce, mais nous finirons bien par les faire parler : nous avons les moyens. Dites-nous si vous les reconnaissez. »

L'homme qui va mourir revoit, assure-t-on, en

quelques secondes, le film de sa vie. Je ne mis pas plus de quelques secondes à répondre, prenant seulement le temps de regarder dans les yeux, l'un après l'autre, les deux prisonniers, mais je ne revis pas ma vie entière : je vis défiler, en un enchaînement chaotique et précis, pareil au scénario qu'aurait imaginé un homme ivre, les principales scènes de ce qui s'était passé depuis que j'avais reçu ma feuille de route. Je vis les deux gendarmes debout dans la cuisine, je vis ma mère se tenant à côté d'eux, je vis la maison des remparts, la fille maigre, M. Mazurier, le train qui m'avait emmené à Marseille, le chasseur de vipères, le quartier Bugeaud, le forestier, la mer, le navire, Alger, Tizi-Ouzou, la grosse femme, le lynchage, le rébus, le lieutenant, les échecs, le convoi, l'embuscade, la grotte. Ces images disparates ne tenaient qu'à un fil ténu, qui était peut-être mon histoire, peut-être l'histoire d'un autre. « J'espère que vous êtes en mesure de répondre par oui ou par non », dit l'officier. J'ouvris la bouche pour répondre, ne sachant pas encore si j'allais dire « oui » ou « non ». La vie de ces deux hommes dépendait de ce oui ou de ce non, et la mienne, par ricochet. Je me souvins qu'on nous avait parlé, à l'instruction, du martyre qu'avait subi, quelques années plus tôt, au Maroc, un officier dont un groupe rebelle s'était emparé, et qui, après qu'on lui eut crevé les yeux, avait été promené, plusieurs mois durant, de douar en douar, dans une cage. Je souhaitais que le lieutenant ne connût pas un sort semblable. Je souhaitais sincèrement qu'il fût mort. Il y eut un déclic. Quelque chose, en moi, me dit qu'il était mort. À quoi bon envoyer deux hommes de plus à la torture ? Je regardai en face l'officier : « Non, je ne les reconnais pas. »

L'officier avait les yeux bleu pâle, l'iris pas plus grand qu'une pointe d'épingle. Sa peau était tannée par le soleil. Ses lèvres semblaient être un trait fait au rasoir dans ce masque de terre cuite. Je vis ce trait bouger. « Très habile... vous ne les reconnaissez pas... ce qui ne veut pas dire qu'ils ne sont pas les coupables. Au prix d'une légère restriction mentale, vous restez l'homme qui ne fait pas la guerre. Que d'autres se salissent les mains. Pas vous. » « Je peux me tromper. » « Certes. Mais c'est moi, d'abord, qui me suis trompé. Je vous ai mal posé la question. Un officier français a été capturé. Ces deux hommes sont soupçonnés d'avoir commis cet acte. Vous étiez là. Vous avez vu. Ce sont ces deux hommes, oui ou non ? »

Ainsi posée, la question était différente, le risque encouru infiniment plus grand. J'étais au pied du mur. Si j'accusais les deux hommes, ils seraient torturés, puis, vraisemblablement, qu'ils aient ou non avoué, abattus. Si je les disculpais, ils seraient peut-être torturés quand même, et qui sait si l'un d'eux, soumis au supplice de la baignoire, ou de la « gégène », ne « mangerait pas le morceau » ? Mon mensonge, alors, apparaîtrait. Ma vie ne vaudrait pas cher. Je ne la vis pas se dérouler, de nouveau, scène par scène, mais je la sentis, lourde et hétéroclite en moi, pareille à un absurde entassement d'images. Il

247

n'y avait pas d'Albin, il n'y avait pas de moi, il n'y avait que cet amas de formes, de couleurs. La mort ne frapperait rien de vivant. Elle ne serait qu'une image de plus. Je regardai l'officier dans les yeux. J'eus l'impression que mon regard traversait le trou infime de l'iris, atteignait au-delà, quelque chose de plus infime encore, la conscience, ce point zéro qui fait que l'homme croit qu'il est lui et pas un autre. Je ne pus m'empêcher de sourire, puis de rire. « Je vous répète que ces deux-là sont innocents. »

Un éclair de déception passa dans les yeux de l'officier, je tournai mon regard vers les deux prisonniers, je vis dans leurs yeux un éclair de triomphe. L'homme, d'un mouvement instinctif, fit un pas vers moi et, comme s'il eût voulu la baiser, saisit ma main. L'officier le repoussa brutalement. « Tu as tort de triompher, salaud », dit-il d'une voix sifflante. Saisissant la djellaba du prisonnier par le col, d'un geste violent, il la déchira. Je m'avançai, et j'allais frapper l'officier en pleine figure, lorsque j'entendis un tintement. Un petit objet, qui devait se trouver caché dans l'ourlet de la djellaba, venait de tomber à terre. Je fus le plus vif, je l'aperçus, je le ramassai, je le tins dans mon poing fermé. Nous demeurâmes tous immobiles. Le prisonnier avait refermé, de la main, son vêtement déchiré. Son visage était devenu gris comme de la cendre. « Montrez ! » me dit l'officier. Je gardai le poing fermé. Il posa la main sur la crosse de son revolver. « Ouvrez cette main, ou je vous fais sauter la cervelle. » J'ouvris la main. Dans ma paume, on vit briller la chevalière du lieutenant. La bague qu'on n'aurait pas pu lui enlever à moins de lui couper un doigt. L'officier tendit le petit doigt, l'introduisit dans l'anneau qu'il éleva à la hauteur des yeux. Un mouvement de rage m'envahit. Je regardai le rebelle. « Vous lui avez coupé le doigt ! ! » Il eut un rictus, découvrant des dents dont quelques-unes étaient remplacées par des prothèses de métal blanc. « Les doigts. Les mains. Les bras. Il ne tortu rera plus personne. » Il recula, s'adossa au mur, ferma les yeux. L'officier me regarda. « Alors ? » « Je ne sais pas pourquoi j'ai menti, dis-je. J'en avais assez de tout cela. » « Et maintenant ? Ne croyez-vous pas que ces gens-là doivent parler ? » « Je suis prêt à les faire parler avec vous. » « C'est la moindre des choses », dit-il.

On apporta deux chaises et des cordes. On fit asseoir les deux prisonniers, qu'on attacha. Un soldat apporta une batterie électrique qu'il posa à côté d'eux. Les rebelles avouèrent, au bout de quelque temps, où était enterré le corps mutilé du lieutenant. La nuit venue, Albin se tira une balle dans la tête.

les derniers mots

Maman,

j'écris les derniers mots. Il est arrivé quelque chose d'imprévu. J'ai torturé. Oui, j'ai torturé un homme et j'en ai vu torturer un second. Celui-ci était presque un enfant. J'ai posé moi-même les électrodes, j'ai actionné la dynamo. J'étais libre, j'aurais pu sortir, j'aurais pu détourner la tête, je suis resté, j'ai participé, j'ai regardé jusqu'au bout. Je ne t'accuse pas. Tu as fait de moi ce que tu as pu, tu m'as aimé du mieux que tu as pu, tu m'as appris ce que tu savais, et même plus. Tu m'as fait : je ne t'accuse pas, cependant. Je ne crois pas qu'il existe un coupable, pas même toi, pas même les autres, pas même moi. Si j'essaie de remonter le fil qui me conduit de ces mots que je trace, le revolver posé devant moi, sur la table, au moment précis où, dans l'été endormi, tu m'appelles, alors que je suis en train de lire dans ma chambre, parce que les gendarmes me demandent, je ne vois pas à quel endroit le fil se rompt. Je ne suis pas plus criminel qu'hier, je n'étais pas plus innocent qu'aujourd'hui. Je ne dirais pas même que la guerre pourrit tout. Ce n'est pas la vraie guerre, c'est la guerre civile, quelque chose d'intime, de très profond. Je suis divisé. Je n'en puis plus. Je ne suis plus vivant. Je me demande si je l'ai jamais été. Rien ne m'a paru plus irréel que la torture. J'ai vu ces hommes hurler, pleurer, faire sur eux. Je me croyais au cinéma. À un moment donné, alors que l'homme d'âge (ils étaient deux) s'était évanoui dans ses déjections, l'officier qui dirigeait les opérations s'est tourné vers l'autre, un jeune homme, qui attendait son tour, ficelé sur une chaise, il lui a soulevé le menton du doigt et il m'a dit : « Il n'a pas de beaux yeux ? » J'aurais dû abattre l'officier, mais j'ai dit : « Oui. » En vérité, maman, j'étais curieux de ce qui allait se passer. Je ne savais pas jusqu'où les tortionnaires iraient, jusqu'où les torturés iraient, jusqu'où j'irais. Le fait est (je parle d'expérience, alors que, lorsque j'enseignais les écoliers, je parlais seulement d'après les livres), le fait est que l'humanité est sans limites. Ceux que l'on torturait avouèrent, sous la souffrance, qu'ils avaient eux-mêmes affreusement mutilé un homme, lui vivant, et, quelques jours avant, ils m'avaient, pour un mot que j'avais dit sans trop y penser (« je hais la torture »), laissé la vie. Ils étaient semblables à toi, mère. Ils étaient ceux par qui j'étais vivant. Ils poussèrent ces cris qu'on pousse quand on accouche, quand l'être se déchire pour laisser passage à quelque chose – un homme, qui recommencera. Il est temps que je mette un terme à cette lettre. Tu t'assoiras devant la porte de l'école, tu regarderas la nuit étoilée, tu me verras.

Il y eut un coup de revolver. La sentinelle se précipita. On le trouva la tête posée sur la table. À toucher ses cheveux, il y avait une lettre adressée à sa mère. On l'apporta à l'officier de permanence qui, en ayant pris connaissance, décida qu'elle ne serait pas transmise à sa destinataire, mais versée aux archives du régiment.

TROISIÈME PARTIE

découverte

Tel fut le sort d'Albin. Mais le pouvoir du romancier est sans limites, et rien n'empêche celui qui,
tenant compte de la gravité du sujet, s'en tint, pour
une fois, à une relation scrupuleuse des faits, de
poursuivre une histoire qui, dans la réalité, s'est
achevée. J'ai voulu voir les lieux où Albin avait vécu.
J'ai découvert le petit village d'Ile-de-France, j'ai
découvert l'Algérie. J'ai commencé par l'Ile-de-
France. J'ai fait cet humble pèlerinage. J'ai suivi pas à
pas l'itinéraire d'Albin. J'ai vu de mes yeux le village
natal, la petite école aux volets rouges, la salle de
classe où M. Mazurier fit le discours d'usage, qui voulait être un au revoir, et qui fut un adieu.

M. Mazurier est toujours là. Il a épousé la mère
d'Albin. À la mort de son fils, celle-ci a, comme on
dit, perdu la tête. Elle croit que le jeune homme va
revenir. Tous les jours, au moment où le facteur
rural, précis comme une horloge, débouche sur la
place du village, au volant de sa petite camionnette,
elle sort sur le pas de sa porte, attendant une lettre
qui ne vient pas. Elle n'a pourtant pas perdu espoir.

Ce fut pour moi un jeu d'enfant (après avoir mis M. Mazurier dans la confidence) que de devenir l'ami de cette femme, me faisant passer pour l'ami d'Albin, que je dis avoir connu au quartier Bugeaud, et de lui apporter régulièrement des nouvelles de celui qu'elle croit vivant, et dont je lui annonce, d'une manière convaincante, et peut-être sincère, le retour. Qu'est-ce qui distingue, en nous, le souvenir d'un homme vivant, que les circonstances ont éloigné pour quelque temps, et que nous reverrons, selon toute vraisemblance, du souvenir d'un homme que nous ne reverrons jamais plus ? Subjectivement, rien. Il suffit donc, pour faire le bonheur de cette femme, de faire en sorte que les choses glissent très doucement de l'objectif au subjectif. La mémoire tient lieu de preuves, l'imagination, de réalité. La parole est la pierre dont se construit cet édifice interne, si solide que les faits eux-mêmes ne peuvent prévaloir contre lui.

« Parlez-moi de lui. » La mère d'Albin m'accueille avec un air mêlé d'avidité et de tendresse. La conscience qu'elle a d'être seule à connaître une vérité (son fils est vivant) que les autres nient lui donne l'invincible assurance des enfants, des fous. Je lis dans ses yeux la joie qu'elle éprouve à savoir que je suis de son côté – le côté de ceux qui vivent non de preuves, mais de certitudes. Nous allons nous asseoir, quand le jour tombe, sur le banc de bois qu'ombrage une treille de rosiers. Albin joua ici, enfant. Près d'un tas de sable, son petit seau, sa petite pelle semblent l'attendre. La mère croise ses mains sur son ventre. M. Mazurier taille les arbustes. Il a mis le grand tablier à poche ventrale du père, aux manches un peu trop courtes pour lui (je ne peux m'empêcher de jeter un regard sur ses poignets forts et poilus qui dépassent), ses mains manient adroitement le sécateur. La mère m'interroge, d'une voix douce. Je parle d'Albin. Je raconte la vie au quartier Bugeaud. Je narre en détail une longue marche d'entraînement que nous avions faite, dans la garrigue qui domine les calanques, peu avant notre embarquement. Quel soleil ! Dix ou douze heures de marche forcée, sous un ciel de plomb, sans arrêt, sans boire – une dure épreuve, mais utile si l'on pense à ce qui nous attendait en Algérie ! Ivre de fatigue, je m'étais blessé, dans l'après-midi, mon brodequin de toile s'étant déchiré sur la caillasse, et m'étais enfoncé une longue écharde dans le pied. J'avais dû stopper, m'étant même laissé glisser à terre sous la douleur, et la compagnie qui avançait tête basse sous le soleil, comme un troupeau, me serait passée sur le corps si Albin, justement, ne s'était arrêté près de moi, ne s'était penché, ne m'avait parlé, et n'avait, de ses doigts, enlevé l'écharde. « Je le reconnais bien là... C'est qu'il est si bon... et puis, si habile de ses mains... » La mère, à son tour, me racontait quelque anecdote, quelque événement de sa vie d'enfant, où Albin avait fait preuve de dextérité, de charité.

Je me laissai inviter à dîner. M. Mazurier devenait le témoin de ce que j'allais raconter à la mère. Il avait une manière d'être à table qui me troublait. Il mangeait et buvait avec une extrême lenteur, mâchant longuement chaque bouchée, n'avalant sa gorgée qu'après l'avoir fait tourner quatre ou cinq fois dans sa bouche. Il n'intervenait pas dans la conversation, mais je sentais qu'il ne perdait pas une parole, je puis dire qu'il mâchait et remâchait chaque mot de son oreille. Je savais bien qu'il ne pouvait attacher aucune foi à ce qu'il savait inventé de A à Z, mais la manière qu'il avait d'écouter finissait par donner réalité à ces fables : en les voyant, de mes yeux, s'enfoncer aussi profondément dans sa tête, je finissais moi-même par y croire. La mère avait un tic : tandis qu'on lui parlait, elle roulait des boulettes de pain, qu'elle avait la manie de ramasser, à la fin du dîner, dans une petite boîte. Je pensais qu'elle les donnait à ses poules (il y avait une petite basse-cour, derrière la cour de récréation) ou, les ayant mises à tremper dans du lait, à ses lapins. Mais, un ou deux mois après que j'eus pris l'habitude de venir dîner, alors qu'elle finissait de lever le couvert, elle poussa vers moi une boîte de biscuits métallique, qui était remplie de ces boulettes, et me dit : « Pour Albin, de ma part. Il saura que je vis. Il faut les lui porter. » Je pris la boîte, et elle rentra dans la maison. M. Mazurier m'adressa un clin d'œil : « Elle ne croit pas tout ce que vous lui racontez. Elle croit que son fils est prisonnier. Vous n'avez pas lu cet article, ces jours-ci ? On dit que des gens sont encore prisonniers vingt ans après. » Le lendemain je partais, de Marseille, pour Alger.

J'aurais pu prendre l'avion, mais je pris le bateau,

pour essayer de suivre, au plus près, l'itinéraire qu'Albin avait suivi. Je vécus l'attente du départ, je vis Marseille osciller, je vécus la nuit blanche d'étoiles, je rêvai de mondes inconnus, je sentis le violent parfum de l'Algérie, je vis la ville blanche surgir des eaux. Lorsque le navire vint à quai, je fus frappé par l'aspect paisible de la foule. Il était difficile d'imaginer que, peu d'années auparavant, le même bâtiment, porteur de soldats, avait été accueilli avec des débordements d'enthousiasme. Nul ne m'attendait. Je n'avais qu'un sac à dos et, une fois accomplies les formalités douanières, je me dirigeai à pied vers le centre, regardant de tous mes yeux ces lieux dont j'avais tellement entendu parler et que je n'avais jamais vus. Ils me parurent très différents de ce que j'avais imaginé, car je les avais vus à travers les yeux de ceux qui en avaient parlé, ceux de ma race, qui en étaient partis, et non à travers les yeux de ceux qui s'étaient tus – qui étaient seuls à les habiter maintenant. Je sentis que si je voulais, je ne dis pas aimer ce pays, mais le connaître, je devais commencer par connaître ces hommes, par oublier ce que j'avais appris, et que je ne pourrais manquer d'être, le voulant ou non, infidèle à Albin, de même qu'Albin, pour des raisons contraires, ou analogues, avait été contraint d'être, en Algérie, infidèle à lui-même. Je foulais la terre des Infidèles. La rue était blanche, la foule grise, le ciel bleu.

tombeau

Albin avait été enterré, comme plusieurs autres militaires ou supplétifs tués en cours d'opérations, dans le périmètre du camp. Je ne pus retrouver sa tombe. On m'indiqua l'endroit où elle avait été creusée, mais les vainqueurs avaient fait défoncer les sépultures : dans les pays victorieux, on retrouve moins facilement les tombes que les charniers. Des Algériens me conduisirent cependant sur les lieux où avait été édifié le camp et dans le massif montagneux où avait été tendue l'embuscade. Comme nous revenions de ce pèlerinage par le plateau de pierraille rougeâtre qui s'étendait plus au sud, le plus âgé d'entre eux, qui avait fait, tout au long du jour, fonction de guide, et qui, je le savais, occupait un poste élevé dans la nouvelle hiérarchie, fit arrêter la Land Rover, et s'enfonça, seul avec moi, dans un amas de pierrailles hautes et tourmentées, qui, je ne sais pourquoi, me parurent avoir l'aspect d'un mausolée barbare. Me montrant la plus massive de ces pierres, il me dit alors : « Monsieur, c'est là que le lieutenant est enterré. » Je ne sus trop que dire car, en vérité, j'étais venu en Algérie pour tenter de retrouver la sépulture d'Albin, et non pour retrouver celle du lieutenant, qui, dans la construction mentale que je m'étais faite de tout cela, était resté un personnage secondaire. Je me contentai donc de hocher la tête, avec cet air de résignation et de tristesse que nous avons coutume d'afficher, Occidentaux, lorsque est évoquée devant nous la mort de quelqu'un qui ne nous est rien.

Je compris que la guerre était finie. La violence n'appartenait plus qu'au passé. Aux morts était dû le respect que l'on doit à la terre. Je regardai s'il n'y avait pas, auprès de moi, une touffe de chiendent à arracher. Il n'y en avait pas. Que faire ? J'approchai du bloc de pierre qui paraissait être une stèle et pissai dessus. Nous revînmes vers la Land Rover.

La nuit même, à Alger, je fus invité à un méchoui. Tout avait changé (si je m'en réfère au journal d'Albin), sinon les étoiles, le croissant de lune, le bruit de la mer, l'odeur du mouton grésillant au-dessus des braises.

. . . .

M. Mazurier est mort d'une crise cardiaque. J'ai été désigné pour le remplacer. Je me suis installé dans le logement affecté au maître d'école, où j'ai demandé à la mère d'Albin de demeurer. Ne sachant où aller, elle a accepté avec gratitude. Hier soir, après avoir longuement parlé de son fils, comme nous nous disions au revoir devant la porte de sa chambre, elle m'a, d'un regard, invité à entrer. Elle s'est étendue sur le lit tout habillée – elle est maintenant devenue une vieille femme –, j'ai enlevé mes vêtements un à un, et je me suis allongé, nu, auprès d'elle. Elle m'a serré violemment dans ses bras, je me suis fait tout petit contre son ventre, et je me suis endormi.

PREMIÈRE PARTIE

DEUXIÈME PARTIE

TROISIÈME PARTIE

DU MÊME AUTEUR

Aux Éditions Gallimard

LES IMMORTELLES, Le Chemin, 1966 (Folio n° 1168).

LA ROSE ROSE, Le Chemin, 1968.

NEW YORK PARTY, Le Chemin, 1969.

L'AURORE BORÉALE, Le Chemin, 1973.

L'ARMOIRE, Blanche, 1977 (Folio n° 2446).

UNE VILLE GRISE, Le Chemin, 1978

LE CAMP, Le Chemin, 1979.

LE FOOTBALL, C'EST LA GUERRE POURSUIVIE PAR D'AUTRES MOYENS, Hors Série, 1981.

LES SERPENTS, Le Chemin, 1983 (Folio n° 1704).

MÉMOIRES DE JUDAS, Le Chemin, 1985.

SADE, SAINTE THÉRÈSE, Blanche, 1987.

L'EMPIRE DES LIVRES, Blanche, 1989 (Folio n° 2319).

ÉROS MÉCANIQUE, L'Infini, 1995 (Folio n° 2989).

PITBULL, Série noire, 1998 ; Grand Prix du roman populaire de la SGDL.

L'ARGENT, L'Infini, 1998.

TÉLÉPHONE ROSE, Série noire, 1999.

Théâtre (Le Manteau d'Arlequin)

LES IMMORTELLES, 1980.

DEUTSCHES REQUIEM, 1973.

ORDEN, 1975.

LE CAMP, 1989.

Chez d'autres éditeurs

VIOLONCELLE QUI RÉSISTE, Le Terrain Vague, 1971.

BONSOIR, MAN RAY, Belfond, 1972 (épuisé)

LA FRANCE À L'ABATTOIR, Ramsay, 1979.

LE LAC D'ORTA, Belfond, 1981

LA FIN DU MONDE, Denoël, 1984

LA RONDELLE, Mercure de France, 1986.

CHRONIQUE DU FRANÇAIS QUOTIDIEN, Belfond, 1991.

CYBERSEX ET AUTRES NOUVELLES Éd. Blanche, 1997.

LES ÂMES JUIVES, Tristram, 1998.

WARUM, Tristram, 1999.

L'AUTRE FACE (avec Marie L.), Arléa, 2000.

L'ÉTERNEL MIRAGE, Tristram, 2001.

Théâtre

ÉTOILES ROUGES, L'Avant-Scène, 1977.

LE PROCÈS DE CHARLES BAUDELAIRE suivi de PALAZZO MENTALE et de FRAGMENTS POUR GUEVARA, Jacques-Marie Laffont, 1980 (épuisé).

LE PASSEPORT – LA PORTE (THE PASSPORT – THE DOOR), Ubu Repertory Theater, New York, 1984.

L'AUTORISATION, L'Avant-Scène, 1996.

ERZÉBET BATHORY, Variable/Oudin, 2000.

Éditions illustrées

A NOIR CORSET VELU, poèmes, photographies d'Henri Macheroni, Les Mains Libres, 1972.

HAVKAZARAN FOLLIES, bande dessinée, dessins de Jean-Pierre Vergier, Kesselring, 1976.

LE PAYS QUE JE VEUX, photographies de Christian Louis, Cercle d'Art, 1980.

ULTIMUM MORIENS, poèmes, dessins de Shirley Carcassonne, Dominique Bedou éditeur, 1984.

L'ORDRE DES TÉNÈBRES, photographies de Claude Alexandre, Denoël, 1988.

ÉROS MÉCANIQUE, dessins de Jean-Luc Fournier, Olivier Techer, 1989.

LE MYSTÈRE MOLINIER, Éd. Voix Richard Meier/Oudin, 1997.

BRIGITTE LAHAIE, photographies de Claude Alexandre, La Musardine, 1999.

LE MUSÉE DE CHAIR, eaux-fortes de Peter Klasen, Éd. Maeght, 1999.

SELF-HYBRIDATIONS (avec Orlan), Al Dante, 1999.

FANTÔMES ET FANTASMES, photographies, Ornicar 1999 (épuisé).

NO LOVE, poèmes, polaroïds de Marie L., Les libraires entre les lignes, 2000.

AU JOUR DIT, poèmes, photomontages de Joël Leick, Zéro L'infini, 2000.

COLLECTION FOLIO

Impression Bussière Camedan Imprimeries
à Saint-Amand (Cher),
le 16 août 2001.
Dépôt légal : août 2001.
1er dépôt légal dans la collection : janvier 1986.
Numéro d'imprimeur : 013718/1.
ISBN 2-07-037704-0./Imprimé en France.